青春修鍊40堂課

透過修鍊，青春可以不悔！青春可以無敵！

江連君◎著　詹迪薾◎圖

【推薦序1】◎林明進（建中一叟）

青春要美麗也需要熒煌

江連君校長是我多年摯友，我責無旁貸來敲邊鼓。

第一次認識他，是在多年前嘉義市主辦的全國語文競賽，我們都是作文評審，從此在各縣市分別主辦的全國語文競賽都可以碰到他。後來他也經常邀請我到嘉義縣，協助國語文教學事宜及培訓各級作文代表選手，自然而然我們成了知友，摯友。

寒假，我人在北京講課，他越洋告訴我寫了這本《青春修鍊40堂課》，要我說幾句話，二話不說，我慨然應允。

拜讀完畢，十分驚喜。全書大多以小故事大道理的手法進行表述，和一般講青少年輔導的專書，有同有異。相同之處是：完全以青春少年的真實生活經驗為底，輕鬆中有韻致，嚴肅中見誠懇，父母讀者看了很熟悉，年輕讀者讀了很真實，是過來人生命的呼喚。相異之處是：作者同時站在基層中小學校長的高度，剖析時下年輕人的盲點，鏗鏘中有軟性語的當頭棒喝，鐘鼓中有雷鳴般的振聾發聵，有學者的底蘊，有專家的素養，有教育人的叮嚀。刀刀見骨，無一處累贅語；字字珠璣，有滿篇瓊琚意。層層剝筍，多元多樣，是生命經驗的跌宕，是生活點滴的鐸育，是人生逆境的迪化。

我閉著眼睛靜靜地思索，這八大類都沒有強調成績的優劣好壞，可見做一個好的教育工作者，他念茲在茲之處，是要讓每一位個體先做好一個人，做一個對得起自己的人。稍為用點心的讀者就會發現，這本書最大的價值與企圖是教你做人，教你做個成功的人、做個快樂的人、做個成熟的人、做個自我實現的人。作者這本書不是教你長知識，讀者讀這本書要正視為人的價值。

我回憶自己六十年的大半生，對照連君兄本書所規範的青春八大主題，連我都覺得膽戰心驚。我「顧身體，安心理」了嗎？我「做自己，懂別人」了嗎？我「拚IQ，重EQ」了嗎？我「勇嘗試，樂分享」了嗎？我「秀創意，有毅力」了嗎？我「喜閱讀，成寫手」了嗎？我「走出去，看世界」了嗎？我「學生活，展自信」了嗎？我真切從反面深沉地思考，十分吃驚也十分恐慌，我們總有很多做得不充足、做得不夠好之處，那這本書的價值就不應只是定調在青春少年身上了。

連君兄走出校園，名義上的確是退休了。可是他的心並沒有走出，明明白白退而不休。走出校長的舞臺，心繫教育的平臺。看本書一筆而下，就是乾坤，纚纚如貫珠，赤心熱情，從校長對師生的諄諄訓勉，到教育專家對普羅大眾的殷殷期盼，他調適得很自然，仍然是活跳跳的教育人。

我們從這本書看到了江校長使出了全身的絕活與熱情，足以作為父母、師長、學生等教與學的藍圖。全書內容非常豐富，看懂了，恭喜你，你正要起飛；做到了，佩服你，這才是真正的脫胎換骨。

太陽雖好，你必得要親自去晒，才能感覺到陽光的溫暖。希望你能擁有這本書——《青春修鍊40堂課》，並且擱在你最容易拿到的地方，相信按圖索驥，你一定能找到燃燒青春的火把，照亮自己的美麗與熒煌。

【推薦序2】◎郭盈妤（國立新港藝術高中學生）

不悔青春

只有青春能啟發青春，也只有青春能說服青春。——王溢嘉

青春之路是一條布滿荊棘芒刺的修鍊之路，只有不斷獲取新知，憑藉為人的基本準則，才得以披荊斬棘，步向日後的大道康莊。

身為高中生的我，正體會著青春的種種印記：既易為蕞爾瑣事而傷春悲秋，亦為諸多抉擇而徬徨歧路。拜讀江連君校長《青春修鍊40堂課》一書後，

對於青春有了更深層的感悟。書中所談論的道理看似簡要，但卻精妙地扣合時事與年輕人心理，無一處不令我心有戚戚。江校長分享自己美好的青春故事，既是給我們一種提示，也是一種殷切期許——期許我們能不悔青春。

其中，〈獨處，聽見內心的聲音〉一文給了我深深的體悟。國中時，我是一個孤僻又冷漠的人，對於發生在身旁大大小小的事情，不是視若無睹，就是冷眼以對，不願將所謂的「麻煩」攬到自己的身上，朋友也因此屈指可數。同學們不喜與我溝通交流，但我卻對此感到甘之如飴。直到我的摯友因為遺傳性疾病威爾森氏症而需長期請假入院治療時，我頓時感到孤獨無助，不僅是因為沒有人可以談心的空乏，在學校的種種活動中，我也面對數次獨自一人，沒有人願意與我同組的困窘。自己獨處的空虛感如排山倒海之勢襲來，於是，我開始自暴自棄，無法好好管理自己的情緒，開始容易遷怒他人，導致人際關係變得更加烏煙瘴氣。現在回想起來，那段屬於我的青春正因缺少了獨處的智慧與積澱，有了不一樣的故事插曲。我現在知道，獨處時要去聽見內心的聲音，給自己多一些雅量，才能為青春之路下一階段的旅程中奠定穩固的基石，揭開精采的帷幕。

全書最令我驚豔的見解，竟是日常中再尋常不過的道理：很多人都認為應當趁著年輕力壯，好好享受人世浮華的種種，秉持著及時行樂的心念，揮霍自己青春的本錢。因為對於李白詩中「人生得意須盡歡」的生活方式感到欣羨，因此，我也曾經是那追尋的微塵眾之一。拜讀完江校長《青春修鍊40堂課》一書，我驚覺我誤會了李太白的詩句：對他來說，那不是一種生活方式，而是一種生命態度；不是揮霍自己的青春，而是惜取自己的青春。正因為年輕，所以才要好好把握自己的身體，不管是生理抑或是心理，都應存有正向的生命能量，在多年之後，當驀然回首時方能心存不悔。

聖人揭櫫：「人生的大事，乃是要知人生的價值與意義，人生無常，無常的世間，虛花幻景，要能夠看破無常，視透這一場夢。」正因為人生無常，才要活得精采、活得不悔。青春是人生的必經之路，是經百鍊之後方能自得自適，而那鍊金鎚的組成卻是極為單純的，健康、自我、同理心、智慧、情緒管理、分享、閱讀、開拓視野、自信……。最後，對於自己所選擇的一切要能「愛惜」。

青春歲月往往紋理積聚，盤根錯節，但幽深之處仍有光：那些在春風裡行吟的軌跡，校園中逸興遄飛的燦爛，經由江校長的妙筆流瀉不止，薪傳綿延，引領我們走進身心安泰的桃花源。

我，17歲，不毀青春，青春不悔！

【自序】◎江連君

青春，你可以這樣過

青春，可以貧乏、虛度；青春，也可以飽滿、充實。這本書，透過修鍊讓你有亮麗的青春歲月。

決定寫這本書的時候，讀高三的小女兒對我吐槽：都幾歲了，還想寫書給年輕人看。

我當然不甘示弱，理直氣壯的回答她：正因為走過青春，才能分享青春的美好；正因為走過青春，才對年輕朋友的青春歲月多所期待。

會寫這本書，還是有緣由的。去年暑假，我剛從服務滿三十年的教育工作崗位退休，有國中校長邀請我去帶讀書會，我到圖書館、書店翻閱了一百多本寫給青少年看的書，卻找不到一本適合的，不是這些書寫得不好，是內容的面相不足，於是，有了這本書的醞釀、誕生。

當家長和兒女相處，當老師和學生互動的經驗都告訴我，不要對青少年朋友說教。因此在書中，我說了很多生動的故事，有的是我親身經歷，有的是朋友所分享的，更多的是閱讀的收穫。這些故事沒有太多的誇飾，很平易，也很實在，占了大部分的篇幅，希望能增添一些閱讀的樂趣。

寫作的過程中，參閱很多書籍，也搜尋大量的資料，經過去蕪存菁，成為現代生活必要的資訊。例如：食安問題無法完全根絕，透過有理有據的認知與實踐，就能吃得安心，確保健康。又例如：家長和老師很少指導的金錢議題，也提供了簡單理財，聰明消費的建議。

當然，書中有一些主題，仍蘊含著對年輕世代的深刻期許，如：「為了正義，挺身而出」、「留下的不是獲得，是給予」、「堅持做對的事」、「成為時代的傳奇」等。

也有幾堂課的內容，是相對，卻不衝突的題材。比如：強調獨處，傾聽內心真實聲音的重要性，但也鼓勵與人互動，團隊合作。又好比：鼓勵打破規矩，但也強調應該堅持做對的事。

這書，可以輕鬆閱讀，也可以嚴肅面對。但總希望年輕朋友不要揮霍青春。

很感佩幼獅文化公司關心青少年的生涯發展。感謝劉淑華總編輯，林碧琪副總編輯及幼獅同仁對本書出版的用心及辛勞。

感謝建中林明進老師願意為本書撰文推薦，他是一位POWER教師，也是許多青年學生景仰的「老夫」，雖是老夫，但寶刀依然鋒利。

感謝嘉義縣新港藝術高中郭盈妤同學，分享她的閱讀心得。她雖然就讀社區高中，卻是一〇三年全國語文競賽高中作文第一名的得主。很慶幸，在準備競賽的培訓過程，與她亦師亦友的共同學習。

感謝身邊的好朋友，為本書的寫作提供寶貴的意見。

感謝閱讀本書的年輕朋友，讀者永遠是作者寫作生涯最重要的支持力量。

目錄

做自己，懂別人

拚IQ，重EQ

走出去，看世界

學生活，展自信

顧身體，安心理

年輕，沒有揮霍的本錢

我在學校服務時，對於學生的體位特別關注。體位過輕的，我會請老師與家長溝通，了解學生是否有厭食、偏食或腸胃方面的疾病；體位超重、過重的，則協調體育組、衛生組及健康中心辦理體重控制班，由加強運動、節制飲食，達到控制體重的目的。

有一天晨光時間，我和體重控制班的同學跑、走操場，發現一位重達八十公斤的六年級男生姍姍來遲，以慢速度散步式的繞著操場走，我多次鼓勵他快走或慢跑，他都虛應了事。後來，帶隊的指導老師告訴我，這個孩子的體重呈現高角度的直線上升，偏偏非常懶得動。有一次我到教室視導晨間活動，更驚覺他的早餐食量幾乎是我的兩倍。

這位男同學就讀國中，多吃少動的習慣仍未有任何改善，體重飆破一百公斤。幾年後的暑假，我在校園中遇見幾位校友，他們告訴我，胖男孩在高一的寒假中不幸發生中風，現在要靠助行器才能行走。

中風，我們一直以為中、老年人才會發生，但如今十六歲的年輕生命，卻從此要承受著中風的病況及後遺症。

我有個堂弟，國中畢業就在家裡遊手好閒，有人水果被偷採了，是他；養鴿人家的賽鴿被擄走了，是他；幾杯黃湯下肚瘋言瘋語的，也是他；就連有住家玻璃被打破了，大家也都覺得他的嫌疑最大。每次我回老家遇見他了，總會勸他去學個技能，找份工作，剛開始，他直接回答我，還未成年，等服完兵役再做打算；幾年後，他以過慣了自由自在的生活，不想被人管，作為搪塞；又過了幾年，他的藉口是年紀大了，企業主管都要雇用年輕的。

這個堂弟現在已年過四十，依舊大過不犯，小錯不斷的混著，靠著和他老爸、老媽搶老農津貼過日子。朱自清在〈匆匆〉一文中寫著：「聰明的，你告訴我，我們的日子為什麼一去不復返呢？」我不知道，極度揮霍年輕歲月的堂弟，是否曾有「青春不再」的感慨。

年輕，身體不能揮霍，是因為注意保健及鍛鍊，身體才能留得青山在。年輕，歲月不能揮霍，是由於時光飛逝，青春一去不復返，年少時，應做而未做的事，將來都難以彌補。

年輕，不但沒有揮霍的本錢，更應該「擁有健康的身體」、「發展健全的心理」。

想要擁有健康的身體，一定要先了解自己的身體狀況。一位高中生，利用寒假參加高山攀登活動，卻在登頂時，對山上的氣壓無法適應，產生呼吸急促、休克的現象，後來經送醫診療，才知道自己患有先天性心臟疾病。可見掌握個人身體狀況的重要性。

其次，養成良好的衛生習慣，才能預防疾病。而「注重營養」、「適度運動」則能增加免疫力，促進身體的健康。

怎樣的人才稱得上心理健全呢？我個人認為以下幾種心態或做法，可作為衡量：

心存善念，不能有傷害別人、欺負別人的想法，如果能力許可，還要盡可能的助人。

心中有疑惑、困擾，或壓力很大時，能找人溝通，找到排解的方式。

能夠控制情緒，與別人有良性的互動，並且願意與人團隊合作。

樂觀進取，但凡事和自己以前做比較，而不與人惡性競爭。

年輕的美好，不在於揮霍，而在於鍛鍊與培養，蓄積更多的正向能量，迎向未來的人生旅程。

運動是身心健康的良方

我愛運動。我享受著運動暢快淋漓的感覺。

小時候，在學校上課，即使是下課十分鐘，跑幾圈操場，和同學一起打躲避球、籃球、排球，踢足壘球，接力賽跑，只要能夠廝殺一下，輸、贏都覺得過癮。最不開心，就是在月考前，老師挪用體育課溫習功課，運動時間被莫名其妙的剝奪，會讓我氣得一整天都不想講話。假日或寒暑假沒有到學校上課的日子，跑遍了村莊，跑遍了田野，是我另類的運動方式。

在國中、師專讀書時，只要有班際的運動競賽，我都不會缺席，也許不是頂尖的選手，但愛運動，動作敏捷，就足以入選班級的代表隊。就讀師專的五年期間，每年校慶運動大會，我固定會參加一百公尺、二百公尺、四百公尺接力、一千六百公尺接力等四個項目的競賽。

在海軍陸戰隊服役時，許多大專生對徒手跑五千公尺，輕裝備跑三千公尺，重裝備跑五百障礙等體能訓練活動，頗感吃不消，但我卻不以為苦。

喜歡運動，也影響了我的教學生涯。擔任老師時，我絕不輕易挪用體育課，甚至有時候還會以多上體育課，作為學生有優異表現的獎勵；擔任主任、校長，我則經常提醒老師，體育課對學生學習的意義，也希望體育課能讓每個孩子有充分運動的功能。

近十幾年來，我最主要的運動是每星期至少四天三千公尺的跑走，還包括運動前的熱身運動，運動後的緩和運動。至於跑走的強度，則以出汗、每分鐘心跳數一百以上為衡量。

對我而言，運動是興趣，是習慣，是生活的一部分。因此，強烈推薦給年輕朋友們，希望與大家共享運動所帶來的美好。

運動對身體健康有以下幾點助益：

運動能減少肌肉萎縮，骨質疏鬆。

運動能強化心肺功能。

運動有助於身體活動的協調性。

運動可以控制體重。

運動能促進血液循環。

運動不僅有益身體健康，運動也對我們的心理發展產生正向的影響。

洪蘭教授認為，我們在運動時會產生多巴胺、血清素和正腎上腺素。多巴胺是正向的情緒物質，人要快樂，大腦中一定要有多巴胺，我們的快樂中心伏隔核裡都是多巴胺的受體，所以我們看到運動完的人心情都是愉快的，打完球的孩子精神都很興奮，脾氣也變好了。血清素和我們的情緒、記憶有直接的關聯，很多抗憂鬱症的藥，主要的功效就是阻擋大腦中血清素的回收，使大腦的血清素多一點。至於正腎上腺素，則跟提升注意力有直接的關係。

運動確實是身心健康的良方，但因運動造成傷害的卻大有人在。我就曾經因不在意輕微的咳嗽症狀，仍執意激烈運動，結果引起嚴重的上呼吸道發炎。可見，喜歡運動，運動的健護絕不可忽略。以下是一些重要的運動健護提醒：

運動要成為習慣，偶爾運動跟沒運動一樣糟。

只運動不保養，身體會變差，保養包括營養、休息等。

運動的強度要依照體質及身體狀況衡量，不宜勉強。

為提升身體肌肉溫度，避免運動傷害，須熱身運動。

運動後要做緩和運動，讓血液回流心肺及解除緊繃的肌肉。

年輕朋友，也許你的生活作息已是忙碌而充實，但如果缺乏運動，便會減少很多促進身心健康的因子，因此，無論如何，請讓運動成為生活的一部分，讓我們快樂運動去。

食安靠自己

近年來國內爆發相當嚴重的食安問題，包括塑化劑、瘦肉精、毒澱粉、越南米混充臺灣米、餿水油、飼料油、禽流感等，有人甚至以「食安危機」、「食安風暴」來形容，可見其影響的重大程度。偏偏民以食為天，即使惶惶不安，生活卻少不了飲食，於是無助感、無力感累積而成沸騰的民怨。

食安問題的始作俑者，當然是不肖的黑心業者，但政府未善盡查驗把關的職責，也難辭其疚。雖然食管法再三修訂，對違法業者的刑責、罰鍰都大幅提高，但從此飲食就安全嗎？所有的食安問題就會杜絕嗎？

我的想法是非常悲觀的。其一，臺灣每年秋末冬初，就會有各種候鳥過境或停留，這些候鳥就有可能是禽流感的帶原者、傳播者，因此禽流感，對冬季時的臺灣猶如不定時炸彈，而流感的爆發是防不勝防的。其二，以臺灣農作物使用農藥的普遍性、嚴重性而言，農產品的農藥殘留不會超標，幾乎是不可能的事。

食安問題既無法完全根絕，業者也難以自律、自清，政府更是力有未逮，那麼，無辜的消費者何去何從呢？我常常有一種思維：改變別人不容易，那就先改變自己吧！

以下謹提出一些因應食安問題的具體做法，希望透過大家的自覺與實踐，能夠將食安問題的衝擊及危害降到最低。

多吃食物，少吃食品。雞肉是食物，雞塊、雞肉捲餅是食品；魚是食物，魚餃、魚丸是食品；橘子是食物，橘子汽水、橘子口味的冰棒是食品。食品有很多添加物，這些添加物都是加工製造的，成分我們不熟悉，製程我們不了解，因此相對於食物，就比較容易衍生食安問題，經常食用風險性自然較高。要克服的是，食品既美味又方便，食物雖然新鮮，但須烹煮，也不太可能色、香、味俱全。

別只看商品名稱，更要了解成分。我們買來煮湯、煮火鍋的蟹味棒，仔細看成分，就會發現不是螃蟹製成的。買豆漿時，如因成分僅是非基因改造的黃豆和水，應該是最健康的，相反的，假使成分中含有乳化劑、寡糖、玉米萃取物等，那就少購買為妙。

別被色、香、味所矇蔽。從海水撈起的蛤蜊是灰黑色的，但為了賣相好看，就有業者使用稀鹽酸快速沖洗，讓蛤蜊呈現灰白色。晒乾後的金針，通常是暗沉的土黃色，如果呈現太鮮豔的橘黃色，就可能是以二氧化硫處理過。因此，採購食物時，聰明的頭腦遠比敏銳的五官重要。

採買當季、在地的農產品。買當季的農產品，由於依季節生長，農藥用得少，也會比較便宜。從外國進口的產品，運送過程耗費能源，還要打蠟、冷藏才能保鮮，使用在地食材，不但價美物廉，照顧本地農民，也為節能減碳盡一份心力。

加強食物的清潔。大部分的農藥是水溶性的，反覆沖洗，可有效去掉殘留在蔬果上的農藥。另外，無論要不要去皮的水果及青菜，都應該先清洗再食用，很多人吃龍眼，荔枝等有殼的水果，常常未清洗就剝開吃，其實殘留在殼上的農藥，在剝開的過程很容易汙染果肉。

多喝水、多運動、多吃富含纖維的食物，促進新陳代謝。就算再謹慎，也難免會讓有毒物質進到體內，良好的代謝，可讓毒物排出體外。

自備環保筷，避免使用塑膠袋盛裝熱湯。市面上的免洗筷都以二氧化硫漂白，塑膠袋遇熱就會溶出塑化劑。雖然一些措施有點麻煩，但為了健康，還是值得。

食安靠自己，不是空口說白話。透過有理有據的認知，並在飲食生活上確實實踐，才能吃得安心，確保身體健康。

休閒是生活的佳餚

我們人類的需求，是先由物質方面的滿足，再強調精神生活的充實。也就是說，當我們穿衣、飲食和安全等物質條件都改善以後，便希望藉著參與文化、藝術、運動、娛樂和交誼等活動，紓解生活壓力，充實生活內涵，並使心情愉快。

有人認為休閒活動就是玩。但不論就價值和內容而言，休閒活動和玩都有著極大的差異。

休閒活動不僅對整體社會發展有正面的影響，對個人更是深具重要價值；對年輕朋友有下列幾項意義。

在青少年成長的過程當中，休閒活動是陶鑄人格，發展自我的途徑。休閒生活是青少年朋友社交的一個重要機會，休閒活動所交的朋友，常有志同道合的感覺，這種人際互動，深刻影響學習與成長。

年輕朋友的生活中有許多有形無形的壓力，有些壓力是自己或別人都無法察覺的，但卻可以藉著合宜而適量的休閒活動加以調劑、紓解。

休閒活動的內容相當廣泛，也會因為時代趨向有所更替，例如：我讀國中時，玩紙牌、打彈珠算是很普遍的休閒活動，如今大概已銷聲匿跡了，而現今年輕朋友熱中的休閒活動電玩、視訊、Line 的互動等：都與資訊的快速發展有密切相關。

一般而言，休閒活動約略可區分成四大類別：

體育類：如跑步、打球、登山、游泳等。

交誼類：如郊遊、烤肉、聚餐、視訊互動等。

藝文類：如閱讀、音樂欣賞、參觀展覽、攝影等。

康樂類：如看電視、看電影、逛街、購物等。

有一個文教基金會曾經實際調查青少年從事休閒活動的狀況，結果發現，無論北、中、南、東各地區年輕朋友，最常從事的休閒活動是看電視，最少從事的是藝文活動。其實，休閒生活也和飲食一樣，不要有偏失的現象，何況多嘗試、多體驗，本身就是休閒活動的功能，因此從事休閒活動應兼顧動、靜態，也要包含娛樂性、知識性等不同領域。

休閒活動通常在課餘進行，不像學校課程般嚴謹，也少有老師或家長的指導陪同，因此，謹提出以下幾項建議，讓年輕朋友對休閒活動有更IN的認知：

從小就要踴躍參加各種團體活動，盡早培養興趣，使從事休閒活動自然成為一種習慣和生活的一部分。例如：小時候學會游泳，喜歡游泳，那麼，游泳就可以成為一生都可從事的休閒活動。

所從事的休閒活動應正當合法，且不影響功課或工作。例如：飆車、未經申請攀登高山、在不開放的水域游泳等，都不是健康的休閒活動。

從事休閒活動，要以安全為最重要的考量。例如：登山前要有周全的準備，颱風前不宜進行海上活動，充分熱身避免運動傷害。

休閒活動是一種學習，也是一種生活的累積，紀錄是必要的，無論是錄影、攝影、資料蒐集，心得寫作等都有助於將休閒生活留下紀錄，成為精采的生命故事，可以分享，可以回憶，也可以省思。

古人說：「人不可無癖。」，這裡的「癖」指的是癖好、興趣，也就是休閒活動。年輕朋友，你的癖好是什麼？你有什麼興趣？它可以是生活中不可缺少的佳餚，能夠滋養生命。找到喜歡的休閒活動，盡情的享受年輕應有的奔放與活力。

45　顧身體，安心理

懂得反省，安心過日子

在學校服務的時候，每逢大型活動結束，如：校慶、才藝展演、感恩音樂會等，我會邀集相關人員進行省思檢討，包括活動缺失，改善的方針，新的創意發想，教育的意義都進行深刻的討論，以作為下一次辦理的重要參考。

另外，每一次成績考查後，我也會鼓勵老師們花一些時間，和學生們檢視題目，省思一下這段時間的學習情形，哪一部分需要進行補救教學，哪些同學較有成效的學習方法值得參考，哪些同學較被動的學習態度應該調整，讓考試不僅是成績的呈現而已，更是學習的加油站。

團體的運作應該省思檢討，個人的生活也必須深刻反省。自我反省，看似簡單，但大多數的人卻仍習慣檢討別人，並且在事情不順遂的時候，猛烈的責備別人。其實，要求別人改正想法與做法，永遠不比自我先作調整來得容易，這是我們要反躬自省最直接的原因。

反省，透過理性的思考減少率性的行動。許多糟糕透頂、徒留遺憾、不可收拾的事情，都是在率性而為，意氣用事的情況下做出來的。懂得反省，在條理清晰的理性思維下，衝動蠻橫會自然的抑制，對情勢及人事的觀感，就能慢慢趨向客觀。

反省，可以和內心最真實的聲音對話。在現實生活中，有時礙於同儕的情誼，有時受到群體莫名的牽引，陷入了痛苦的抉擇。反省，讓我們有價值澄清的機會，讓我們檢視社會的規範，重拾善念面對紛擾的事務。

反省，發現缺點，找到進步的方針。反省的時候，沒有隱瞞、不會矇蔽，事理最清楚客觀，哪個環節有所缺失，哪個疏忽阻礙發展，我們都能洞悉，也可以找出改善的方式，讓自己不斷的成長。

我很喜歡遠古時代流傳下來的一個故事。

一個背叛的諸侯有扈氏率兵入侵，夏禹派他的兒子夏啟抵抗，結果被打敗了，他的部下很不服氣，要求繼續對抗，夏啟卻說：「我的兵比他多，地也比他大，卻被他打敗了，這一定是我的德行不如他，帶兵方法也不如他的緣故。從今天起，我一定要好好自我反省，努力改正缺點。」從此以後，夏啟關心百姓生活，任用有才幹的人，尊敬有品德的人。有扈氏知道了，不但不敢再來侵犯，反而投降了。

原來，能自我反省，不僅讓我們心平氣和、心安理得，還能產生力量。那如何反省，反省些什麼呢？

論語學而篇，曾子說：「吾日三省吾身，為人謀，而不忠乎？與朋友交，而不信乎？傳，不習乎？」曾子每天反省的是：替別人做事有沒有負責，和朋友相處有沒有守信，學習有沒有用心。

我覺得我們除了立即性對猶豫的事、覺得不妥當、不周到的事加以反省之外，晚上睡覺前也該反省以下這些問題：

今天的作息安排是否適當？有沒有該做而沒有做的事？

一整天當中，自己的身、口、意有沒有過失？如果有，怎麼改進？如何補救？

今天作了那些善事？有哪些做事的方法是值得以後參考運用的？

此外，我們習慣在人生失意時、生活挫折時反省檢討，其實成功得意時，也要想想有沒有傷害別人成就自己，如何精益求精。證嚴法師說：「一個人成功時，要把自己變小。」應該就這個道理吧！

有人說當我們用一隻手指頭指向別人責難時，卻同時有三隻手指頭朝著自己。這個說法，就是在提醒我們懂得反省的重要。懂得反省，了解自己，看清世界，洞悉事理，可以安心的過日子。

做自己，懂別人

探索自我，了解自己

我曾經在幾年前培訓過一位高中生，參加全國語文競賽，她總是像一塊海綿一樣，等著吸取我所指導的寫作技巧，學習態度的認真程度，是歷年來參賽選手中絕無僅有的。在一次閒聊中，我問了她學測的準備情形，她沒有多作思考，堅定的告訴我，因為家境清寒，父親又臥病在床，從小就喜歡閱讀，喜歡寫作，希望能透過繁星推薦甄選，以公費方式就讀臺灣師大中文系，將來成為一位國文老師。

幾個月後，她如願以償。像她這樣這麼了解自己，並能築夢踏實的年輕朋友，著實不多。

了解別人，了解自己，不是一件簡單的事。

十六年前我參加校長甄試，有一位口試委員在我完成自我介紹之後，冷不防的隨口提問：「你覺得自己是個怎樣的人？」我當時愣了兩、三秒鐘，才心虛的回答：「在教育崗位上，我覺得自己願意學習，也會認真做好應該做的事。」就校長甄試的場合，我回答的內容勉強算是切題，但就自我評析的完整性而言，不只過於簡略、籠統，甚至乏善可陳。

自己是怎樣的人？我認為可由以下的面向去探討：身體狀況、家庭環境、個性、興趣、功課表現、處理事情的能力、與人相處的情形、未來的工作、需要協助的事項。

針對上述的層面，年輕朋友們可具體的依照下列的問題加以思考：

・你的身體很健康嗎？是否曾發生或經常發生那些病痛？會不會影響作息及活動？

・你覺得家裡的氣氛怎麼樣？有那部分需要調整？如何調整？

・你會經常發脾氣嗎？你是「急性子」還是「慢郎中」？

・你最喜歡做那些事情？或從事什麼活動？

・請用等第概略的評估自己各科目的學習狀況。

・遇到問題，你會害怕嗎？你經常可運用一些方法解決你所面對的難題嗎？

・你經常與人衝突嗎？你喜歡和別人一起做事情嗎？你覺得別人對你的評價如何？

．將來你最可能從事的工作或職業是什麼？

．那些問題或事情是你經常請別人幫忙的？而你主要的請求對象是誰？

以上的問題只是各層面中較核心的部分，事實上每一面向還可提出許多的問題。例如：在家庭環境方面，家裡的經濟狀況、父母親的管教態度、父母親的婚姻、家人的飲食和休閒……都是可以思考的。

至於年輕朋友可由什麼方式的探索，增進自我的了解呢？對於青少年的壓力與適應有深入研究的陳皎眉教授提出了三種方法：

要給自己自省的機會。

經由周遭的人，來了解自己。

經由嘗試不同的生活經驗，來增進對自己的了解。

透過各種的探索方式，對自己有較深入的了解之後，更重要的，是如何將自己覺得不滿意且可能改變的部分，加以改善、調整。

能了解自己，並願意針對自己不足部分勤加學習，你的自信心自然可以不斷增進。

獨處，聽見內心的聲音

有一次，我和幾位國、高中的老師聊天，莫名的，竟聊到青少年最該強化的生活智能。「自律」、「自省」、「獨立自主」，三位老師簡潔又明白的答案，令我驚訝而印象深刻。

無法自律、自省、獨立自主，應該和缺乏獨處，不擅於獨處有極密切的關係吧！從小家長就要孩子與別人好好相處，學校老師則期許同學們建立良好的人際關係；但卻沒有人指導青少年如何與自己相處。少了獨處的時間，也不曉得如何獨處，當然難以自省、獨立思考，更不可能自律。

蔣勳老師是我非常佩服的作家，他的文章總有著「人人意中所有，人人筆下所無」的高明。在《孤獨六講》一書中，蔣勳老師有幾段話，非常發人深省：

「生命裡第一個戀愛的對象應該是自己，寫詩給自己，與自己對話，在一個空間裡安靜下來，聆聽自己的心跳、呼吸。」

「孤獨是一種沉澱，而孤獨沉澱後的思維是清明。不管在身體裡面或外面，雜質一定存在，我們沒辦法讓雜質消失，可以讓它沉澱。」

獨處，也許孤獨。寂寞會發慌，孤獨是飽滿的。面對孤獨，才有著豐沛而精采的人生養分。

獨處，像是心靈的調節劑。每當我們有所狂妄，心情像吸食毒品般雀躍不已，獨處，讓我們把自己縮小，騰出空間讓別人的價值進入自己的領域，將脫離正軌的情緒拉回中道。又或是我們過度難過哀傷，盪到谷底的情緒使我們猶如槁木死灰，行屍走肉，獨處，會告訴自己，無法改變的事就想開點，並給自己多一些雅量，使低靡的心情攀升到正常的地平線。

獨處，讓我們卸下面具，不需偽裝，面對最真實的自己。在現實社會中，面對各式各樣不同的人，有時難免裝懂、裝厲害、裝傻、裝可憐，裝得自己都覺得好笑。但獨處的時刻，不用惺惺作假，最清新、最澄澈，也最實在；最坦白、最自在，也最真誠。

獨處，每一個人有著不同的方式。李偉文醫師設計了一個名為「給荒野二十四小時」的生命命題活動。什麼是給荒野二十四小時呢？就是一年之中，找幾次走進大自然，讓視野所及都沒有人為設施、沒有泥水地、沒有電線杆、沒有建築物，沒有任何同伴，讓自己學習與自然獨處二十四小時。

妙的是，「你會重新聽見生命的聲音。」李偉文醫師肯定的表示。

你的獨處呢？當然不一定要二十四小時，也非要走入荒野不可，但安靜是不可或缺的，心能夠靜下來，你才會聽見最真誠的聲音，遇見最真實的自己。

獨處，不是逃避，更不是自我封閉，是自我沉澱，自我修行。會獨處，懂得獨處，人生不一定飛黃騰達，但不會暴走，不會逞凶鬥狠，能自省、自律，也較可能獨立自主。早已過慣了呼朋引伴、喧譁嬉鬧日子的年輕朋友，給自己獨處的時間與空間吧！

走出疏離，與人互動

容易和人起衝突，常因「毒舌」傷人卻不自知，極度自卑總是一個人孤零零的，憤世忌俗像個「抱怨製造機」，假日總是宅在家裡不肯出門，傲氣沖天身邊沒有朋友，在別人傷心時還嘻嘻哈哈……。近年來，我們的生活周遭愈來愈多有著嚴重疏離感的年輕朋友。

我是家中的老么，有三個哥哥，兩個姊姊，小時候父母親忙於工作和家務，互動最頻繁的就是兄姊，卻也因此在還沒上學前，便練就了察顏觀色的本領。例如：我三哥放學回家，大老遠的把腳踏車往牆邊推，我會推測他不是被老師指責就是與同學發生衝突，因此我會離他遠遠的，避免成為出氣筒。又例如：

在寒暑假，大姊喜孜孜的看完信，這時候親近她，總少不了餅乾、糖果的福利。

或許是少子化，在幼小時少了兄弟姊妹的互動；或許是網路世代，減少了面對面溝通的機會；也或許是隨著社會的細密分工，競爭激烈的環境削弱了人與人相處應該具備的友善，讓愈來愈多的年輕朋友，不懂如何和別人相處，也不知道在團體中該把自己擺在那個位置。於是，疏離感便逐漸的產生。

疏離，孤陋而寡聞；疏離，貧乏且空虛。疏離，無法掌握社會的脈動，也難以體察普世的價值；疏離，缺乏友誼真摯的交融與分享，也少了人際間養分的吸引與滋長。

究竟「自己」與「別人」該如何定位？怎樣看待？假使將其視為難以調適的極端，便容易產生以下的情形：

第一種是自我中心，排斥別人。這種人凡事自以為是，獨來獨往，我行我素，無視於別人的存在，也很難接受別人的意見。

第二種是排斥自我，他人中心。這類型的人沒有自己的主見，無法自我獨立自主，經常感到自卑及徬徨，好像活在別人的世界中，在群體中盲目的跟從。

第三種是排斥自我，排斥他人。這樣的人不滿現實環境，對別人仇視，但也同時難以接受自己，自暴自棄，又拒絕支援和協助。

但「自己」與「別人」並非對立，如果能以「肯定自己，接受別人」的態度面對，似乎既能充分發揮自我，也可以擁有更多的人際互動。

要與人有良性互動，增進人際關係，可參考以下的具體方法：

改變自己，使自己擁有受人歡迎的特質。心理學家認為受人歡迎的特質包含態度真誠、能力出眾、幽默風趣、興趣相近等。

肯定別人的存在，尊重別人的權益。每個人都希望自己是被看重的，當我們承認對方的重要，並表示尊重，相信對方自然也會接納我們、尊重我們。

願意聆聽別人的意見，適時表達看法。「溝通」是人際關係的基礎，但溝通卻必須是雙向的，我們應樂於表達自己的意見，同時也要接受別人的感受。

關懷別人，誠懇讚美別人的成就。真摯的稱讚，讓人心生喜悅，誠心的關懷最有益於情誼的增進。

對事情負責盡力，但不要處處斤斤計較。腳踏實地做事的人，常能受到信任和肯定，過度小心眼，苛薄又愛批評的人，則容易引起反感。

與人互動，就是在自我領域中帶入了別人。因此，心中有自己，心中有別人，願意設身處地的為別人著想，自然就能拓展良好的人際關係。親情、友情、愛情，都是人生的養分，走出疏離，讓生命更飽滿。

讓人信任，團隊合作

十五年校長生涯，共計服務過四所學校，在離開每一所學校前，我總記得感謝全校的教職員工、家長和同學，信任我可以擔任校長。因為信任，所以願意合作，願意合作，便有了正向的力量，正向的力量，可以克服困難，也可以創造績效。

一個人最可悲的，就是信用破產；相反的，讓人信任，是一種雖然看不見，卻是彌足珍貴的資產，影響至為深遠。

讓人信任，很重要的是能力。能力通常在三方面顯見，其一是做對的事，其二是把事情做好，其三則為能夠解決問題。

讓人信任，更重要的是恰到好處的態度。為人處事的能度，過度與不及都可能產生摩擦，甚至引發事端。恰到好處的態度，讓人與人之間自在而愉快。

讓人信任，是由於你對別人也有所信任。人際之間，所有的互動往來，都是雙向的，當你對別人有太多的戒心與存疑，對方怎麼可能對你有太多的信任，這就是互信的真義。

信任，是團隊合作的基礎。「團隊合作」有多麼重要呢？我曾經閱讀過企業經營者對於人才需求的統計資料，竟然有超過三分之一的企業家，將「團隊合作」列為徵才的首要考量。

有一回，我和一位生產模具的老闆聊天，他明白的告訴我，傳統產業如果各部門既能分工，也能充分合作，效能自然可以有所提升；而高科技公司經營的利器就在於創新的研發。研發，必定是團隊合作的結果，那個企業擁有優秀的研發團隊，便能獨領風騷，在市場上搶得先機。

企業主重視具有團隊精神的人才，也影響了人才培育機構及大專院校的運作思維。

高中升大學，推甄入學的比例已超過指考。推甄的方式，以學測成績為基本門檻，第二階段則以口試、小論文、實作等作為成績的評斷。曾有一所大學的某個學系，將參加複試的學生分成若干組別，進行團體實作，而評審老師則由影像中觀察每一位成員在實作中的表現，特別是與人互動的情形。

所以，就業市場需要能夠團隊合作的人才，學校也希望找到願意分享，可以和別人有良好互動的學生。

在團隊的運作中，合作不是大聲喊口號，而是過程中的氛圍呈現，同時反映在成果的績效上。團隊合作，不是一言堂的鞏固中心，而是面對不同的觀點，加以不斷的試驗、討論，形成共識，再各司其職執行方案。

讓人信任，團隊合作的特質，有一部分是與生俱來的，但更重要的是後天的學習。在家裡，所有與長輩、兄弟姊妹互動的家庭活動，都是信任關係的培養，也都是團隊合作的練習。在學校，各式各樣的團體活動，更是增進人際關係最佳的試金石。

成為值得信任，懂得團隊合作的人，就算在競爭激烈的環境中依然會是那顆閃亮熠熠的星星。

做時間的主人，著手生涯規畫

社會發展快速，時代趨向有時候在很短的時間就會產生巨大的變遷，因此，有些人便覺得計畫是沒有必要的，計畫永遠趕不上變化。然而，機會是給有準備的人，即使天降甘霖，也是已經預備好儲水的人最能獲益。

人生有規畫，做事有計畫，生活才有重心，努力才有方向，面對未來也才能踏實而穩當。

和計畫最密切相關的是時間的掌握。我兒子的同學，高中升大學的推甄，第一階段入選一所知名國立大學的財經學系，第二階段口試被安排在周六上午十一時至十二時進行，當天早上，他由嘉義搭客運北上，孰料車子在高速公路遇上了塞車，到了考場，口試委員正好收拾好資料離開，當然他也因此喪失了口試的機會。有很多年輕朋友放學回家，常常因為看電視、使用電腦，延誤了準備功課的時間，也打亂了生活作息。缺乏時間觀念，耽擱了行程，延誤了事情，就像是時間的奴隸；相反的，能充分掌握時間，才能成為時間的主人。

我就讀國中時，有一位老師指導我們，每天晚上準備功課前，拿一張便條紙，寫下整晚讀書的時程與科目，例如：

19:00～19:30　複習英語第五課

19:30～19:50　複習國文第七課

19:50～20:00　休息

20:00～20:50　數學第三單元（考試）

20:50～21:00　休息

21:00～21:20　生物第七課（作業）

21:20～22:00　預習明日課程

老師認為每日準備功課的時間以三小時為原則，應包括複習當日所學，預習明日進度，寫作業，準備測驗等部分。這項每日讀書計畫的擬訂及執行，對我在時間的掌握上有著深遠的影響，一直到今天，我還是習慣在睡前將明日要完成的事簡單的寫下來，長期以來，也極少有因時間因素而未將事情做好的情形。

要有效掌握時間，我覺得必須做到以下三點：

養成守時的好習慣。

善用零碎時間。

考量影響時間的不確定因素。

充分利用時間，準備課業或安排作息是極短期的計畫，人生更重要的課題，是進行生涯的規畫。

李鍾桂教授指出，一個人對自己的一生做了很好的計畫，周詳的考量，決定好自我奮鬥的目標與方向，即為生涯規畫。生涯規畫具有以下的特性：

生涯規畫具有獨特性。

每個人在進行生涯規畫，都應考量自己的個性、專長、身心狀況及需求等，因此，生涯規畫最重要在於符合個人的獨特性質，而能築夢踏實。

生涯規畫具有階段性。

生涯規畫，就時間而言是由近而遠，就內容而言是由簡單而深入，而實踐的方法則是循序漸進。所以，生涯規畫必須要區分階段，當然，各階段最好能有連貫的效果。

生涯規畫具有可調整性。

人生漫長，世事多變，生涯規畫的目標、內容難免有所變異，依據自己實踐的能力及情況，適時彈性調整，方能重尋可行的方案。

生涯規畫要具備可行性。

巴頓將軍曾說：「一個可以立即強力執行的計畫，好過一個下星期才能出爐的完美計畫。」生涯規畫如果不可行，再完善也不過是文書資料。真切的了解自己，深入的洞悉環境，所擬訂出的生涯規畫內容才更具體可行。

一個人不一定要飛黃騰達、功成名就，但每一個人都可以透過生涯規畫的擬訂與執行，充實而有意義的過一生。希望年輕朋友都能做時間的主人，成為自我生命旅程的舵手。

拚IQ，重EQ

先從洞悉學習材料做起

校園的偏僻角落，有一塊荒廢已久的地，我想加以整理，作為快樂農園。有一天下午閒來無事，向總務處借了一把圓鍬，準備開墾荒地。一到現場我立即傻眼了，原來地上堆滿了厚厚的乾草，於是我折回去再借了釘耙。將雜草耙開後，開始以圓鍬鬆土，鏟了兩下發現土質相當硬化，只有再繞回來又借了鋤頭。折騰了老半天，工作卻還沒個起頭，全是因為沒有事先勘查現場，掌握工作性質。

讀書也是這樣，如果不先洞悉學習材料，做好應有的學習準備，恐怕也容易事倍功半，甚至徒勞無功，喪失原有的讀書興致。

想要概略性了解學習材料，當然不必立即展開精讀，一般而言，都採取「概覽」的方式。那種感覺就類似想要知道一大鍋湯的風味，僅須取用一瓢品嘗即可。

洞悉學習材料，當然優先要掌握其性質，是偏向記憶性，還是比較屬於理解性，性質不同，學習的方式就會有所差異，大體而言，語文、社會學科記憶性多，數學、自然科學領域則理解性的比率高，但實際仍應概覽才能辨認。

明瞭學習材料的範疇也是重要的。假如以西漢歷史作為舉例，漢朝的興起是「面」的全貌，漢高祖的政蹟是「線」的片段，漢高祖是中國歷史第一位平民登上帝位的皇帝則為「點」的訊息，清楚學習材料點、線、面不同的範圍，才可進行不同的學習規畫及連結。

此外，掌握學習材料的難易程度也不能忽略。同一單元、同一課、同一篇文章，不同的人就會有難易程度差異性的判定。難易程度將決定學習的策略、花費的時間，使用的資源，當然也可能影響學習成效。

明白學習材料的重點同樣必須受到重視。重要的部分，勢必加強研讀；不是重點的地方，則應該略過或迅速瀏覽。能夠把握學習材料重點的人，經常就會展現較高的學習效率。

學習材料的關聯性也是要注重的環節。例如：當我們準備學習牛頓第三運動定律，那麼，牛頓第一、第二運動定律必有其相關，學習的過程中便得要加以比較、分析及釐清。

工欲善其事，必先利其器。工作如此，學習也是這樣，唯有洞悉學習材料的性質、範疇、難易程度、重點所在與關聯性，才能採取適當的策略，獲得最好的效益。

用對方法，增進學習成效

古希臘有一位大科學家叫阿基米德。有一次，國王讓工匠打造一頂王冠，但卻懷疑工匠可能偷工減料，因此當王冠完成後，要求阿基米德在不破壞王冠的情況下，測量王冠的體積。阿基米德想了很多方法，卻都派不上用場。有一天晚上洗澡時，看到浴缸裡的水因為身體進入而溢出。於是他將王冠放進盛滿水的容器，溢出水的體積便是王冠的體積。

方法很重要，做任何事情，包括讀書，用對方法才能收到較好的效果。

先以「記憶」學習重點作為舉例。人類學習新事物的遺忘速度是先快後慢，尤其是在第一天和第二天，遺忘率達百分之六、七十。針對這一點，我們應該在新的學習後迅速複習，這樣才能克服遺忘，加強記憶。

此外，越是零碎，越是理解不夠的內容也越容易遺忘。如果能對學習資料進行深刻的了解和認識，找出其中的規則性、相關性，就會是較有意義的學習，當然能有較牢固的記憶。

借助卡片，是強化記憶很有效的方法。將要牢記的資料抄寫在卡片上；等公車、搭捷運、或是下課休息，隨時拿出來複習。一張張寫滿學習重點的卡片，就猶如記憶的倉庫，反覆瀏覽，自然記得牢、記得久。

還有一些讀書方法，也都很寶貴，頗值得應用。學習新材料，使用「預測」策略，就能激發背景知識。善用「連結」策略，可以將生活經驗和所要學習的內容相互結合。採取「摘要」的方法，有助於學習重點的掌握。歸納「主旨」，方便找出學習資料的要旨及作者的目的。

讀書方法，其實不勝枚舉，重要的是找到適合自己且能夠發揮效果的方法。稍加思考，你就會發現，儘管學習材料相同，但每個人的條件不同，可以支配的時間不同，需求和喜好也都有所差異，因此，不必刻意模仿別人的讀書方法。書念得不好，成績難以進步，別僅歸因於不夠認真，靜下心來，省察自己的讀書方法，也許因而發現學習生涯逆轉勝的契機。

除了探討讀書方法，愛讀書才能讀好書，對學習充滿熱情，才有可能達到理想的學習狀態。愛因斯坦曾說：「促使我從事科學工作的，是一種要懂得自然奧祕難以遏制的渴望。」渴望讀書，渴望把書讀好，就會尋找對的讀書方法。興趣、方法、成果都是息息相關的，年輕朋友們，意會了嗎？

89 拚 IQ，重 EQ

認識EQ，做情緒的主人

有一個研究機構對一群兒童進行一項簡單的試驗，研究人員在每一位孩子面前放了一顆軟糖，然後對孩子們說：「誰能堅持到我回來時還沒把軟糖吃掉，就可以得到另外一顆軟糖作為獎勵；但是，如果我還沒回來就把軟糖吃掉，那麼就得不到另一顆軟糖。」

試驗結果發現，有些孩子缺乏控制能力，又受不了軟糖的誘惑，就把糖吃掉了。另外一些孩子，他們也並非完全不受軟糖的誘惑，而是努力轉移注意力，並且克制自己，直到研究人員回來，就這樣，他們得到了第二顆軟糖。

研究機構又對這群兒童進行長期的追蹤調查。結果發現，孩子長大後，那些得到兩顆軟糖的孩子，他們的成就，普遍高於只得到一顆糖的孩子。

由這個試驗，可見決定生涯發展與成就的，一定有著非智力的心理因素。於是，心理學家將研究重點由「智能」轉移到「情緒」。

一九九五年，美國紐約時報專欄作家戈爾曼出版了《情感智商》一書，將研究成果介紹給大眾。「情感智商」的概念在世界各國廣泛被討論和運用。簡單來說，情感智商（簡稱EQ），又稱為情緒商數，是自我管理情緒的能力。

戈爾曼在他的書中明確指出，EQ是由下列五種可以學習的能力組成：

了解自己情緒的能力——能立刻察覺自己的情緒，了解情緒產生的原因。

控制自己情緒的能力——能夠安撫自己，擺脫強烈的焦慮、憂鬱，並控制情緒的根源。

激勵自己的能力——能夠整頓情緒，讓自己朝著一定的目標努力，增強注意力與創造力。

了解別人情緒的能力——理解別人的感覺，察覺別人真正需要，具有同情心。

維繫融洽人際關係的能力——能夠理解並適應別人的情緒。

很多人都以為EQ就是控制情緒，其實，那只是最表面的指標，了解別人情緒，維持良好人際關係，激勵自己，才是積極的EQ展現。

以前，一般人總以為IQ高的人就一定會有高成就。但現代心理學家認為，IQ較能預測學業表現，一個人能否取得工作上的成功，主要取決於個人的社會適應，EQ是較能反映此方面的表現。

EQ比IQ更重要，更受到重視的另一個理由，是因為經驗傳遞和教育對提高IQ的效果有限，然而EQ卻較能夠透過學習培養及環境塑造加以改善。簡單而言，IQ不易改變，EQ卻能培養。

高EQ，才有樂活人生

學校辦公室，幾位老師埋首批改作業，忽然間，門被大力推開，一位老師氣急敗壞的叫罵著：

「我真是倒了十八輩子楣，接到這個班級，昨天遲到，今天作業沒寫，詢問原因，半個屁也不放，把我當空氣，如果是我的小孩，早就被我打個半死了！」

像連珠炮般發飆之後，沒有人理會他，又氣呼呼的走了出去。原來在座位上的老師面面相覷，一臉無辜的樣子。

EQ差的人，經常生氣，有時候連毫無相干的人，也會遭受池魚之殃，受氣受累。

教室裡一大群人熱烈討論著下個月校外教學的地點，召集人先自行提議去義大世界，其他人紛紛表示意見：

「不是一年級去過了嗎？還要去哦？」

「老師不是說應該去有教育意義的場所，避免前往純粹遊樂的地方？」

「沒有半個親友在高雄，晚上都沒人來看我，帶我去吃大餐。」

「又看不到女神唱姊姊，去義大做什麼？」

大家你一言、我一語的爭相提出反對的看法，召集人的臉色愈來愈鐵青，忽然，手往桌子一拍，大聲嘶吼著：

「反正我想去的，你們都會反對，我不當召集人了，你們自己討論，愛去哪裡就去哪裡，我不在乎！」

然後奪門而出，留下錯愕的伙伴。

EQ低的人，很多時候成事不足，敗事有餘，事情還弄不出個頭緒，就已經挑起了對立，將氣氛弄僵，甚至爆發衝突。

見識了缺乏EQ的人，總是按捺不住脾氣，把事情搞砸了，生活在痛苦之中。接下來，看看EQ高的人，如何展現情商智慧，創造快活人生。

有一回我去拜訪一位朋友，我們在客廳才聊了一下子，他的一對兒女剛開始是大聲鬥嘴，接著相互飆罵，然後哭鬧、甩門、似乎還傳出砸東西的聲音。我主動的停止了閒聊，示意朋友前去關切兒子和女兒衝突的情況，想不到他輕鬆的回答我：

「小孩子吵架是正常的，這是他們理解人生的方式，除非他們求助，否則我會讓他們自行解決；大人如果強行介入，不但讓孩子失去解決問題的機會，還可能把自己的負面情緒加到他們身上。」

於是，我們繼續剛剛的話題，逐漸的，孩子們叫囂聲減少，似乎也不再哭泣了，衝突的態勢緩和了。我稱讚朋友有著特高的EQ，他則微笑以對。

我們又談了一會兒，我便起身準備離開，剛剛才衝突的兩個小傢伙打開房門，和我道別，我看到女孩眼眶還有淚水，男孩似乎怒氣也未全消，但他們卻都擠出了微笑，我不禁舉起大拇指，給他們一個稱讚。

EQ較高的人，真能了解自己和別人的情緒，就算遇到了衝突的場面，也能輕鬆以對。他們不亂發脾氣做情緒的主人，他們很少痛苦，擁有較多快樂的生活。

自我激勵，獲得高成就

EQ的內涵中，「自我激勵」是非常正向、非常可貴的。因為人生不如意十之八九，假如我們在順心如意的時候，更加自我激勵，那麼學業就能持續進步，事業也可以鴻圖大展。而當我們面臨挫折失意，同樣還能自我激勵，便會有更多機會化險為夷，轉危為安，獲得逆轉勝。所以，能夠自我激勵的人，一定比別人有更多、更好的成就。

有一位企業老闆，公司即將倒閉，他所剩的資產抵不過債務，他心力憔悴，沮喪透了。朋友不忍他就此一蹶不振，介紹他去見一位牧師，希望能夠得到指點。

牧師說，我很同情你的遭遇，但我卻無法幫助你，我介紹你去見一個人，他或許可以協助你東山再起。

牧師領著這個失意的企業主來到一面大鏡子前，手指著鏡子裡的人說：「我要介紹的人就是他，在世界上，只有他能挽救你的事業，只有他能掌握你的命運。」

覺得自己很失敗的老闆，怔怔的望著鏡子裡的自己，看見自己落魄的氣色和無助的眼神，他喃喃自語：「我怎麼會這樣頹廢？我不該這副像喪家犬的模樣，我一定要重新站起來，我一定會找到辦法的！」

幾年後，這位幾乎破產的老闆，不但事業興旺，更是充滿自信與企圖心。

這就是自我激勵的力量，它讓灰心的意志重新燃起希望，克服困難，反敗為勝。

小時候，我在牆邊角落看見一隻蛾正奮力想要破繭而出，為了幫助牠，我拿出刀片，小心的把繭畫破，讓蛾出來。蛾從繭出來後，不停的鼓動翅膀，但始終飛不起來。最後，翅膀垂了下去，好像力氣已放盡一般，那隻蛾竟然死了。

我覺得非常不可思議，後來查了資料，才明白原來蛾破繭時的奮力，可使牠的翅膀茁壯，增加氣力，當我把繭畫破，便剝奪了他鍛鍊的機會，使牠無法飛起來。

沒有人喜歡面對挫折、願意遭受困難，但EQ高的人，卻往往在這個時候，鼓勵自己，樹立勇氣，他們在困苦的環境磨練自己，在艱難的情況創造成就。

難道他們不怕再次的挫敗嗎？高EQ的人，在困頓的情境，憑藉的就是特有的樂觀情緒。

美國賓州大學曾經做一項試驗，研究人員以五百名新生為對象，進行樂觀程度測試。一年後，他們發現樂觀程度比入學考試成績，更準確預測學生們在大學第一年的學習成就。

這個試驗，有些令人難以置信，但關鍵就在於樂觀的人較能夠自我激勵。自我激勵，不僅天真的樂觀，更有務實的行動，也許是加倍的努力，也許是創新的變革，但無論如何，其目的都在於獲得更好的結果、更高的成就。

勇嘗試，
樂分享

樂觀，路永遠都在

小時候，老師在我的畢業紀念冊上題了「樂觀進取」四個字，當時覺得太普通了，因為這種勉勵的話，到處可見，也聽慣了。

慢慢長大，漸漸發現樂觀、悲觀的人，看待事情真的有很大的差異。特別是遇到了逆境，悲觀的人一想到眼前的橫阻如此巨大，想要突破必定困難重重，便萬念俱灰，豎起了白旗；而樂觀的人，雖然也難免沮喪，但很快打起精神，了解所處困境，努力找尋克服的方法並採取行動。

愈來愈多人飼養毛小孩，當愛犬不幸過世了。悲觀的人覺得自己再也無法擁有昔日和愛犬共處的快樂時光，甚至不想回家，因為走進家門，一想到愛犬再也不會到門口來迎接，心中就難過不已，憂傷的情緒像被厚重的烏雲籠罩著，久久不散。樂觀的人，想必也不捨、也難過，可是，會理性提醒自己愛犬早已年邁，病痛纏身也是折磨，也許很快就能轉世，成為另一隻自己疼愛的小犬。

古今中外，樂觀面對失敗，終獲傑出成就的真實事例不勝枚舉。特別是許多從事研究、發明的科學家，一次次失敗的實驗，澆不息追求真理的熱情，仍然對未來探究結果充滿希望，那種執著，那種堅持，那種永遠樂觀的態度，好不令人佩服。

愛迪生運用了一萬多個方法，卻仍不能成功發明電燈，他的朋友勸他不如放棄吧！他對朋友說：「這不是失敗，而是找到了一萬多個不能製造電燈泡的方法吧，我離成功又多走一步了！」

這真是無可救藥的樂觀，但也因為這種態度，才能開啟科學研究成功的大門。樂觀的人可貴之處，在於會尋找解決問題或突破困境的方法。

有位登山高手，攀登阿爾卑斯山，不幸迷路了，經過十三天後被發現，獲得救援。可是，當搜救人員看見他時，竟然沒有體力不支，極度疲憊的情形。他告訴大家，迷路之後，他在脫隊地點附近，每天仍然保持十二小時的行程。原來，一直在脫隊地點附近，才能讓救援人員找到；每天保持十二小時的行程，則是更加武裝求生的意志。

樂觀，被認為是很重要的性情，是因為樂觀的情緒往往還能感染別人，鼓勵大家：奇蹟總能在惡劣的環境中出現的。

一支英國探險隊進入撒哈拉沙漠，在茫茫的沙海中辛苦跋涉。酷熱的高溫，讓每個隊員口渴難耐，最糟糕的是，大家的水都喝完了。這時候，探險隊的隊長拿出一隻水壺，告訴大家：「這裡還有一壺水，但是在穿越沙漠之前，誰也不能喝。」

僅剩的一壺水，成為穿越沙漠的信念，更是求生的寄託。水壺在隊員手中傳遞，沉甸甸的感覺，讓隊員們瀕臨絕望的臉上，又露出堅定的神色。終於，探險隊橫越了沙漠，有人用顫抖的手轉開那隻水壺，緩緩流出來的，竟是沙子，大家喜極而泣，感謝隊長藉由裝沙的水壺，將樂觀的求生意念傳達給每一位隊員。

九二一大地震及八八風災，是十幾年來臺灣最嚴重的天然災害，當時候在災區一定有不少人看到路斷了，路基流失了，擔心恐怕難以被及時救援，大概難逃滅村的厄運；然而面對同樣的場景，一定也有更多人，認為路基不見了，可以另覓地點建築新路。只要樂觀，路永遠都在。

隨著資訊愈來愈發達，我們未來所面臨的競爭勢必更加劇烈。激烈競爭下，被淘汰的人，失敗、挫折的人也會跟著增多，假如缺乏樂觀，肯定難以透過不斷努力，找到立足之地。樂觀的態度，我們必須由年少開始培養。

為了正義，挺身而出

我所居住的大樓，管理委員會長期被幾位住戶壟斷把持，不但主任委員、財務委員任期違反公寓大廈管理條例，聘用非法管理顧問公司，更離譜的，竟然有人還不是大樓住戶，就已經當選管理委員。但令人訝異的，是絕大多數住戶卻漠然以對，頂多在私下閒聊時表達一些不滿與不屑。

然而，姑息和漠視讓管理委員更加跋扈，連住戶在所有權人會議所提意見都未予討論、處理。提案當事人實在氣不過了，決定挺身而出，改變管委會生態，使大樓管理能合法、正常運作。

他找了幾位有法律素養的住戶，列舉出管委會所有的違法事實，然後挨家挨戶拜訪、解說，並促成召開臨時住戶大會。當正義的力量逐漸壯大，蠻橫的勢力就慢慢瓦解，非法管理顧問公司被解約了，不合理的制度一一被檢視、改變，最後，所有的管理委員一一辭職。經過改選後的管理委員感覺很認真、很謹慎，大樓住戶相處的氛圍也變得熱絡許多。

有一回搭捷運，偶然間聽到兩位高中生的對話。

「他那個人就是不識時務，不食人間煙火。」

「他是有問題弄個明白，喜歡追根究柢嘛！」

「太執著總是不好。」

「執著不見得不好，更何況他只是在問題的探究上較有些想法，而顯得執著。」

「所以啊！他總是無法當選班代。」

「這是毫不相干的兩回事，他只不過多問了一個問題，讓你沒早兩分鐘離開教室而已！」

我們總有些朋友會在面前批評某人，雖然內容可能悖離事實，覺得不以為然，然而為了不掃批評者正旺的興頭，更由於怕得罪別人的媚俗心態，選擇了沉默以對，不願為之辯護。殊不知不表意見會被視為同意默認，不為之辯護就可能為謗言添加力量。

我喜歡那位答話高中生的角度，那溫和卻堅定的態度，言所當言的勇氣，知友護友的熱情，著實的教我人生很寶貴的一課。

日常生活中，一旦我們的權益被侵害了，天外飛來一筆蒙受不白之冤，或是言行遭受扭曲詆毀時，總是急欲辯解，希望冤曲盡速獲得澄清及平反，甚至期待對我們有所傷害的，無論是故意打壓，或不小心誤認的，都能受到應有的處置，讓正義得以伸張。

可是，當相同的事降臨在別人身上時，卻認為事不關己，本身既不是始作俑者的主謀，也非播謠傳話的共犯，何必多得罪一個人，不如選擇當個冷眼旁觀者。

於是，加害者未受應有的譴責，也絲毫未減少其損人、傷人的興致，正義蒙受晦暗，是非善惡也變得模糊不明。小人道長、君子道消，成了很尋常的社會現象。

我們的心地果真那懦弱嗎？我們的道德勇氣早已蕩然無存嗎？人們渴望良善的本性是不容忽略的，我們內心深處仍有正向的驅使力量。古代俠客們，路見不平、拔刀相助；現代年輕朋友，為了正義，挺身而出。

留下的不是獲得，是給予

清朝康熙皇帝時大學士張英，他的家人為整修老家房舍，與鄰居發生爭執，家人寫信給當時在朝廷為官的張英，希望他能透過地方官吏勸退鄰居。張英收到信後，只回了一首詩：

千里修書只為牆，讓他三尺又何妨？
長城萬里今猶在，不見當年秦始皇。

家人在收到張英的回信後，決定把牆後退三尺，不再與鄰居爭執；而鄰居知道後，也向後退讓三尺，而空出一條六尺寬的巷道。這條「六尺巷」位於中國安徽省桐城市，成了非常著名的古蹟。

因為給予，因為禮讓，留下的不只是六尺巷，還有張英「讓他三尺又何妨」的氣度與名聲。古時候有因為退讓而解決紛爭的佳話，現代也有因為給予而留下情誼的事例。

為爭幾坪土地，兩兄弟不僅鬩牆，更反目成仇，數十年不相往來，連哥哥過世了，弟弟也不聞不問。有一天，哥哥的兒子返鄉處理事情，在暮色昏暗中，看見叔叔削瘦佝僂的背影。一夜輾轉難眠，隔天一大清早，哥哥的兒子去敲叔叔門，決定讓出那幾坪土地，年邁的叔叔感動的號啕大哭，久久不已。給予幾坪紛爭數十年的土地，化解了兄弟長期的仇視，留下了叔姪交融的親情。

我年輕的時候，日本小說《冰點》在臺灣暢銷。小說中的主角陽子，成為許多中學生、大學生耳熟能詳的名字，但我更喜歡陽子的外公，因為他總能在混亂的人世中，看清真實的人生意義。陽子的外公曾經對她說：「辛辛苦苦收集金錢、財產的人，不會留在人們心中。但那些悄悄幫助人，予人真實的忠告，和以溫暖的話鼓勵人的，卻永遠留傳下去。」

如果將世界上所有人分成兩種，一種人拿，一種人給。你會喜歡那一種人？你現在較偏屬於那一種人？而未來你又傾向成為那一種人？

給予，看似簡單，但卻是萬般困難。擁有多的人，想要擁有更多，因此不願給予；擁有少的人，終日忙忙碌碌、汲汲營營，很難想到給予，也捨不得給予。臺東賣菜的陳樹菊阿媽，賣菜所得相當有限，卻省吃儉用，積蓄成一大筆錢，捐出來作為興建圖書館的經費。可見擁有多少不是決定給予的因素；給予的關鍵，是願意付出、願意助人的寬廣心地。

給予的不一定是具體的錢財及物品，給予的可以是知識、價值觀、關懷和愛。例如：給這節課認真上課的老師一個真摯的微笑，給年老多病但疼愛你的阿媽噓寒問暖的關心，撿拾垃圾，給海灘原有的乾淨清新。

在競爭激烈的社會，不必人教，很自然的就讓我們從前面看起，心裡所想的是未來要賺更多錢，過更優渥的物質生活，所以我們不停的去獲取、去累積。但卻很少人，很少時候想到給予。

給予才能留下，給予沒有那麼困難，你、我都可以做得到。或許我們已經習慣多想要一些、多獲得一些，但從現在起改變一下，偶爾思考看看，我可以給予什麼，我能夠留下什麼。

志工服務，看見自我的行動力

無論是國內的九二一大地震、莫拉克八八風災，或是國外的海地大地震、南亞大海嘯，慈濟志工總是在災難現場，照顧災民、撫慰人心。慈濟志工充分展現大愛的力量，讓善心遠傳，讓世界看見臺灣的慈悲心與行動力。

我兒子在大一的暑假前往印度，擔任愛滋病防治國際志工。剛知道訊息時，我其實滿訝異的，一方面是他不是讀醫學相關科系，缺乏防患疾病的背景知識，另一方面則擔心他不會印度話，也從未接觸過印度的風俗民情。但兒子早已由網路蒐集厚厚一疊資料，還向衛生單位爭取了宣導品，至於選擇前往印度，他自有一套說詞：高度文明的社會資源豐富，生活水準亟待提升的國家，才更須要志工服務，文化迥異的地區，體驗更多，視野更開闊。從兒子擔任國際志工前的踏實準備，回國後充實的分享，我感受到他的行動力和成長。

志工服務，或稱為服務學習，是教育的新趨勢。在大學，服務學習是做中學的課程，是品格教育的具體實踐。二〇〇四年，志願服務學習成為大學評鑑的指標，教育部每年辦理大專校院志願服務學習研討、表揚及成果發表，也以經費補助鼓勵大學落實服務學習課程。至於高中以下學校，主要是服務性社團在寒、暑假前往偏鄉服務。十二年國教實施之後，國中學生會考成績後的超額比序，不少縣市將服務學習納入其中，服務學習成為國中，甚至國小校園中響亮的名詞。

志工服務和其他的活動是有所差異的，一般而言有以下幾項特質：

以學習為基礎，以公義為目的。

多元文化，多元參與。

協同合作，發現問題解決問題。

促進人際，平等互惠。

觀摩，並建立資訊平臺，資源共享。

此外，結合社區，強化服務學習心得發表，有效的培訓，也是志工服務的發展趨勢。

服務學習的進行應包括「準備」、「服務」、「反思與分享」三個階段。很多年輕朋友，往往都急於投入服務的行動行列，忽略事前的準備，事後的反思與分享。

準備。事先充分的準備，是提升服務學習品質的重要關鍵。舉凡了解服務學習內容，進行必要的練習，尋求相關資源，器材用具的檢視，預先走訪服務機構等，都是行動開始前應該做足的功課。

反思與分享。在服務學習告一段落時，對於服務的歷程及自我的表現加以省思，非常有助於經驗的累積，及未來成長的作為。優質的經歷及感受，透過分享，才能傳承；失敗的舉措及教訓，也透過分享，方可避免重蹈覆轍。

服務。讓我們看見別人的需求，看見自己的責任與力量；志工服務，是愛的滋長與發揮，也是學習的致用與反思。志工服務，是人生美好行動力的展現，年輕朋友不能缺席。

分享中成長，成長中分享

長期以來，我們總習慣的認為，和別人分享物品，自己所擁有的分量就會減少，和別人分享知識或經驗，自己所能利用的時間就會變少。這種相對被剝奪的感覺，讓我們不會主動分享，有時候迫於情勢及壓力，勉強分享，卻感覺不自在。然而，真實的情況，卻與我們所揣想的有極大差異。

就先以點油燈來做舉例吧！

我們先點燃一盞油燈，後來，又取來了好幾盞油燈，其他的油燈都由第一盞油燈點燃，第一盞油燈的光芒有損失嗎？答案當然是沒有啊！

我年輕時在臺北教書，班級人數超過五十個，學生的程度落差不小，在數學領域的教學，我找了班級幾位數學成績優異的同學，利用下課時間協助我指導一些數學學習落後同學。這種方式，就是大家所熟知的小老師制度。一段時間後，我並未發現數學成績不佳的同學，他們的學習狀況有太大的改善，倒是那幾位數學小老師，不僅更喜歡數學，連帶的，表達能力也進步了。

原來，教別人，和別人分享你的學習經驗，自己的學習狀況卻會更加卓越。這個教學原理，我後來就讀研究所時，由文獻閱讀得到了印證。

美國加州大學的研究顯示，「教別人」是一種效率非常高的學習方式。研究人員分析認為，為了要教別人，所以會將教材多做複習，也因而學得更透徹、更扎實；此外，為了要讓被指導者聽懂，教別人前還要將所學融會貫通，並發展出更精簡的內容，整理材料的過程，邏輯更清楚了，條理更明白了，表達的能力自然也提升了。

這個寶貴的啟示，除了讓我從此樂於分享，也會規畫部分教師進修活動，採取教師同儕相互分享的方式，更經常鼓勵老師多運用分享發表、小老師等多元有效的教學方法。

分享，會形成習慣。仔細觀察一個團隊運作，比方說是讀書會或小團體輔導，會主動分享的，被要求才分享的，不願分享的，似乎都是固定的成員。但分享的態度改變了，學習的成效也會跟著改觀。

分享，絕對是表達能力精進的途徑。沒有一個人會希望自己的分享是別人不想聽、聽不懂的，為了要讓內容清楚表達，讓想法獲得理解，流暢的表達與內容的熟悉同樣重要。樂於分享的人，久而久之，會自然發現自己的表達愈來愈有理有據，也愈來愈能有效掌握重點。

能夠分享的，並非要全然是正面的。贏的經驗很難得，值得分享；輸的教訓也很可貴，同樣應該分享。正面的成果、成就分享，使實施的內涵可以借鏡，實施的方式能夠傳承；失敗的措施、原因分享，讓發展的歷程得以改善，錯誤的選擇有所警惕。

獨享，表面上獲利，卻在占有中與人疏離。分享，是互利，會有學習的成長與精神的喜悅。

秀創意，
有款力

規矩是要讓人打破的

從小家裡的長輩，總是耳提面命，要我們做個「守規矩」的孩子。進入學校求學，老師更是再三訓示我們，要成為「規規矩矩」的好學生，還訂了許多的校規要我們遵守。

「規矩」真的那麼重要嗎？擺在牆角的木頭、懸在窗臺的木偶，最規矩了，但會思考，具有旺盛生命力的我們，也都應該循著規矩走、照著規矩做嗎？另外，社會快速變遷，資訊更迭那麼迅速，所有的規矩都合理嗎？有沒有一些不通情理、不合時宜的規矩是應該被打破的？

我在師範學校讀書時，所有學生都要住宿，晚上七點到九點還要集體在教室晚自習，並規定離開宿舍要穿著涼鞋。可是，那時候讀師範學校的多數孩子，家境狀況並不好，買涼鞋成了不斐的負擔，於是大家能躲就躲，甚至繞遠路，還是穿著拖鞋去晚自習。有一天晚上，教官刻意躲在穿堂轉角，來個甕中捉鱉，將我們一群八、九個沒按規定穿涼鞋的，罰站在孔子銅像下。我們有點搗蛋的請教教官涼鞋和拖鞋的差別，教官回答得簡單，指出涼鞋後面有帶子。隔天，我們買來了一綑鬆緊帶，沒有涼鞋穿的同學，都在拖鞋後面繫上鬆緊帶，大搖大擺去晚自習。從此，教官便不再要求離開宿舍不得穿拖鞋的規矩了。

畢業後擔任教職，也常發現所服務的學校，存在著不適當的規矩，有些是明文規定的，有些是長期運作下來的制度。

當我還是菜鳥老師時，在一所小型學校服務，每個月最後一天，每位教職員工都會拿到一隻烤雞，剛開始我以為是家長犒賞的特有福利，後來才知道是午餐供應廠商送的。我和另一位同事都覺得不妥當，認為廠商一定會將買烤雞的費用支出，反映在食材上。於是，我們兩人向總務主任提出廢除這項陋規的建議，剛開始，主任要我們別想太多，只是慰勞老師指導學生午餐的辛苦，後來他看我們態度堅定，便表示會和校長討論後再決定做法。隔月，老師們帶烤雞回家的惡習就消失了。

前幾個月，我去拜訪一位私立中學的校長，他向我介紹學校的特色與績效，其中我印象最深刻的，是他強調學校是不對犯錯的學生記過的，他認為記過只是威嚇，真正能讓學生改正錯誤的是老師的輔導、同儕的協助。

是啊！長久下來，學校都以記過作為懲罰學生違反校規的手段，但被記過的學生就知道自己為什麼犯錯，並且從此成為守規矩的學生嗎？有多少孩子覺得反正都被記過了，一支不嫌多，兩支不嫌少，就這樣自暴自棄？「記過」的規矩，已經有學校廢棄不用了，其他學校難道不能討論討論，也許會發現這塊長期作為管理學生的神主牌，不是藥到病除般的有用，也不是牢不可破的。

諾貝爾文學獎得主，也是著名的劇作家蕭伯納曾說：「世界能夠進步，往往靠少數不講理的人。」蕭伯納心目中不講理的人，應該是指會洞悉不合宜規矩，且有勇氣、有方法打破的人。

不喜歡一味墨守成規的年輕朋友，不當的規矩是應該被打破，也可以被打破的。要打破規矩，別僅是逞匹夫之勇，多動腦筋，運用巧妙的方式，才較有可能成功。

創意其實不簡單

美國蘋果公司 iphone6 一問世又造成大搶購，許多蘋果迷為了搶先目睹它的廬山真面目，就算排了幾天幾夜也不以為苦。蘋果公司的 iphone1 到 iphone6，款式都很新穎，功能也一再推陳出新，難怪股票屢創新高，成為「創意經濟」的標竿。

創意，帶來經濟價值，也發生在臉書，就連最近很夯的淘寶網也是代表作。創意，不僅改變企業的經營與獲利，創意的風潮進入了文化界，席捲了所有與設計相關的行業，創意也影響了學術，以及和我們生活息息相關的飲食。有人甚至大聲疾呼：誰能主導「創意」，誰就站在世界的頂端！

究竟什麼是「創意」？很多人可能不知道什麼是創意，但卻常常脫口而出，直指別人沒有創意。缺乏創意，我們的生活只有仿效，不斷重複、極度無聊……好像影印機、傳真機，硬邦邦、死板板，真是糟透了。

創意，就是一種腦力，從無到有，變成一個有價值的產物。

創意是生產作品的能力，這些作品既新穎又適當。

創意是一種超越的表現。

創意是發現的旅程。

創意是思考、直覺、靈感等多種認知方式綜合運用的結果。

創意，真的很難定義，難怪有人認為，創意必須超越界限，為創意定義本身就違背了創意。

創意的不簡單，一方面是發想的過程是心智活動，既無軌跡可循，也如天馬行空。另一方面是必須產出有價值且新穎的作品或產物。

在討論什麼情況、什麼方式有助於創意之前，我先來介紹眾所公認的創意人賴聲川先生，在《賴聲川創意學》一書所提到「創意三毒」。

經驗——當我們不清楚、不自覺的時候，長期累積的經驗可能反成了扼殺創意的毒。

習性——從來不變的習慣，會像滾雪球似的淹沒所有的自發創意。

動機——三毒之中最容易被忽略的就是動機，動機不純粹，或是不了解動機就等於放棄創意的原動力。

僵化、呆滯的經驗、習性、動機，真是創意三毒，但賴聲川先生更認為，透過創意空間、去標籤、改變看待事物的方式等方法，三毒反而可以轉變成造就創意的三智慧。

專家們對於創意能否培養的看法是很分歧的，但多數都認同「自由開放的情境」、「建設性的思考方式」是有助於創意的產出。

自由開放的情境：不論家庭或學校，避免使用權威和規範來束縛孩子，讓他們可以開放的想、自由的問、自在的做。

建設性的思考方式：除了敏銳思考、勇於探索、保持專注之外，還要以踏實的態度，去印證思考、探索的產物。

資本和技術主宰一切的時代已經過去，創意的時代已經來臨。即使創意不簡單，我們仍要發揮創意，促進個人及社會邁向更嶄新的發展。

在生活中享受改變

去超市、去學校、去散步，我們都習慣走著熟悉的老路。不知道從什麼時候開始，我喜歡上走不同的路，走新的路，即使多繞一點點，我也甘之如飴。走不同的路，從未見過的街景，經常帶來難得的驚奇；有時不小心拐進了小小的巷道，竟發現很道地的日式建築，老阿媽彎腰晒蘿蔔乾的樸實。改變走路的路徑，令我感受更多彩多姿的生活內涵。

一位好朋友和我分享了一小盆迷迭香，改變他工作氛圍，增添他生活情趣的經驗。他說他服務單位，有一次辦了一場大型活動，用來布置場地的小盆栽，事後被擱在角落，沒人理會。有一天他丟垃圾時，瞥見二十多盆的小植栽中竟有一株迷迭香，他詢問了總務單位後，放心的將這盆迷迭香擺放在辦公桌上。他工作疲累了，就用手輕輕撥弄葉子，然後嗅聞它留在手上的香氣，想不到這個味道竟然紓緩壓力、安定情緒，很快的便可以再打起精神，繼續工作。有一回朋友到遠地出差數天，心中一直惦念著這株小迷迭香，更誇張的請同事以視訊設備，將盆栽的影像傳輸給他，他描述那種思念，就好比放心不下一個情人，或一個稚嫩的幼兒。

改變，可以讓我們發現新事物、新視野，也可以塑造不一樣的心情，培養新的生活情趣。

習慣的改變、環境的改變，顯而易見，容易察覺，容易感受。思維、想法的改變，雖然難以立竿見影的呈現，但影響卻往往更長遠、更深刻。

喜劇演員大衛・布瑞納中學畢業時，他的很多同學得到了新裝，有些富家子弟甚至得到了新車，當他回家問父親他可以得到什麼禮物，父親將一枚硬幣輕輕的放到他手上。

大衛的父親告訴他，別人送給你的任何東西都是有限的，只有你自己才能賺下無限的世界，用這枚硬幣買份報紙，鉅細靡遺讀一遍，然後翻到分類廣告，找一份工作，到這個世界去闖一闖。

大衛當然不開心，以為父親和他開玩笑。幾年後，他才改變想法，認為當年父親送給他的是有助於開啟世界之門的鑰匙。大衛後來在演藝上傑出成就，與想法的改變有著密切的相關。

重大到人類登上火星，細微如你更換了提袋，我們世界，我們的生活無時無刻不在改變，有人更直接了當的認為，二十一世紀，唯一不變的就是變。我們要努力的，是減少負面的改變，增加改變的正向力量。

也許，我們無法促成大環境的正向改變，那麼就由小地方開始吧！也許用種子營造隨手可得的綠意生活，也許在陽臺放置餵食容器和五穀雜糧，就能瞧見野鳥的繽紛，且讓我們不斷學習與嘗試，發揮巧思，在生活中享受改變，在改變中享受生活。

堅持做對的事

我自從擔任校長，就期許自己每年要讓學校的圖書至少有百分之二的成長，但這個願景常常面臨資源不足的窘境。學校的業務費中扣除水電、電話、保全等必要的基本支出，已所剩不多，倘若遇上了危險的設施必須改善，或壞掉的設備要送修，經費的運用往往就相當拮据了。但讓孩子每年都有新書可以借閱，讓孩子樂於閱讀，讓孩子在閱讀中成長，這是我對自己的承諾，也是我的堅持。

於是，我和同仁們更加的節省，也不斷提醒同學們愛護學校的公共設施，省水節電，有幾年還利用校慶活動募款、募書。十五年間，雖然辛苦，但每每看到孩子們借閱新書的喜悅，反而充滿了成就感。

資源不足，對的事要堅持；面對人事干擾，對的事同樣要堅持。

國中升高中的會考成績相同，便要進行超額比序，很多縣市都將「服務學習」列為其中的項目。於是找和同仁們討論後，在寒、暑假讓中、高年級學生、畢業校友有體驗服務學習的機會，學務處規畫了環境整理、圖書借閱及編排、育樂營小助理等項目，參與的孩子都認真的投入，領到應有的服務學習時數證明。

有一天，一位家長帶著就讀國中三年級的孩子到校長室找我，希望學校先開列服務學習證明給他，暑假中他再找時間實際參與，我由服務學習的真諦講起，再談到大人身教的重要，最後提及事涉偽造文書的違法，拒絕了要求。家長倖倖然離開學校之後幾分鐘，我就接到民意代表的關切電話，我大概對家長所說的內容，再重複陳述一次，電話另端的民意代表，在掛斷電話前用閩南語說了一句：你不做人情給我，我只好另外找要做人情的校長。

我不曉得民意代表後來有沒有找到願意不顧一切做人情給他的校長，但我知道我堅持做對的事。

大人有對的事可以堅持，小孩也能堅持做對的事。

有一個小男孩，每天天一亮就到海邊，將前一晚因漲潮滯留在沙灘上的海星，撿起來扔回海裡。漁夫看了，語帶揶揄的對著小男孩說：「你太天真了，這海岸線綿延百里，憑你一個人，能救回多少海星？」小男孩沒有因此退卻，依然堅持每天一大早來沙灘撿海星。後來，環保團體加入拯救海星的行列，社區人士也愈來愈多的人在清晨捲起衣袖一起撿海星，就連遊客也受到影響，將撿海星視為度假另類的體驗。

年輕朋友要堅持做對的事，首先須以正確的價值觀辨別事情的對錯與是非。至於如何堅持呢？我建議「外表的態度可以溫和柔軟，內心的意念卻一定要堅定不動搖」。

堅持做對的事，可以澄清價值、鍛鍊韌性，培養毅力。也許眼前的草地早已被走出了一條使道，我們仍然堅持繞過遠路，不踐踏草皮。也許眼皮早已不聽使喚，我們還是堅持完成小組活動所分配的作業。讓我們堅持做對的事，展現存在的價值，生命的毅力。

不服輸，才會贏

我有個姪女，就讀私立中學，成績很優異，但第一名對她而言，一直都是不可能的夢想，因為她班上有一位從國一到高一，每次段考都穩坐第一名的厲害人物，班上同學給這位高材生取了個「不敗女金剛」的封號。

不敗女金剛在高二上學期第一次段考前得了重感冒，引發肺炎，住院治療了好幾天才痊癒，那一次段考，她的成績是全班第五名，從此不敗女金剛像洩了氣的皮球一蹶不振。一直到高三畢業，她沒有再拿過第一名，成績每況愈下，大學聯考竟然連國立大學都沒考上。

我聽了姪女的敘述，心裡既訝異又難過。原來失敗的經驗也是可貴的，從來不會輸，不曾輸的孩子，一旦不小心輸了，便完全喪失了信心與鬥志，就再也贏不回來了。就好像走慣了平順的路，有一天突然拐了腳、跌了跤，就從此不知道怎麼好好走路了。

我就讀師專時，有個大兩屆的學長很用功、很優秀，各方面的表現幾乎都是全校的翹楚。有一回和他聊天，才知道他是重考生，國中畢業由於家境清苦，高中、五專都沒報考，一心一意只期盼能考上享有公費的師專，但事與願違，落榜了，他說服父母親讓他早上送報、晚上補習，一年後，他高分考上了師專。他告訴我，自己失敗過，那種滋味五味雜陳，非常令人難受，所以他很珍惜可以好好學習的時光，比別人更努力，就有比別人更傑出的表現。

這位不想再失敗的學長，靠著認真的態度、高昂的鬥志，使他的學習成績出類拔萃，畢業時，他是當年度全國九所師專所有畢業生的第一名，第一個選取服務學校。

同樣是失敗，有人從此一敗塗地，有人記取教訓、奮發向上，可見失敗本身並不重要，真正的關鍵在於面對失敗的態度。

在學校我常鼓勵老師，在考試或比賽之後，多和孩子坦誠的檢討，對話的焦點要關注在事情上，而不是人的評價。例如：大隊接力贏了，贏在那裡？那些準備、那些練習值得以後持續運用，又雖然贏了，又有什麼環節可以改進得更好，取得更大的優勢。再舉個例子：數學成績退步了，是什麼題型錯誤最多？那一個概念似懂非懂？練習次數足夠嗎？

唯有面對成功，才能更成功；面對失敗，才能不再失敗。競爭激烈的環境，永遠都贏、永遠都是成功的，已是不可能的事情，既然難免會輸，難免會失敗，那就一定要學習如何面對失敗，並且培養能夠在挫折中奮起的意志和毅力。

年輕朋友失敗的時候，總是會先想到人，腦子裡出現的是別人的投機、自己的倒楣，又或都是別人的厲害，自己的差勁。其實，只有失敗的事情，沒有失敗的人。失敗時，聚焦在事情上，就容易找到失敗的原因，找到成功的方法。

另外，不服輸，才會贏，是志氣、是精神。不能為了不想輸，只想贏，矯枉過正，不擇手段。贏了，贏的方法一定要正當，才能贏得踏實、贏得穩固。

喜閱讀，成寫手

透過閱讀，長出翅膀

前陣子，一位就讀國二的學生，介紹我讀小天下出版的《追鷹的孩子》一書。細讀李偉文先生寫的推薦序後，翻閱幾頁內文，就被奇特的故事所深深吸引，一口氣看完整本書，發現這真是一個充滿想像令人感動又值得深思的精采故事。後來，我將這本書大力推薦給大朋友、青少年朋友及國小高年級的學生。

《追鷹的孩子》很可能被出版、選書、藏書機構列為童書，但童書能豐富想像力，就像時光旅行，有時還能鼓動人心，成年人偶爾還真應該讀讀童書，少一點市儈，多一些真摯。

《追鷹的孩子》是在敘述一隻返家遷徙的魚鷹，歷經驚險，艱困的故事，過程中，魚鷹承載著幾個不同種族、不同社經背景青少年的愛與希望，展現了無比堅韌的生命力。閱讀中，我的思緒彷彿長了翅膀，隨著魚鷹的長途飛行，穿梭城市鄉野，遨遊平原森林，探訪懸崖峽谷，飛越湖泊海洋，克服了大雪烈日，戰勝了狂風暴雨。當魚鷹遭受難關，我也似乎面臨挑戰；當魚鷹沉浸飛翔的自在，我也好像享受奔放的快活。

是故事，將我帶離現實塵囂，是閱讀，讓我有奇妙的旅程，寬廣的視野，特別的經歷。閱讀，其實是一張魔毯，帶我們尋訪奧祕的領域，開闊的天地。

早期國內閱讀的推動，大多聚焦於閱讀空間的改善及大量閱讀。於是，許多圖書館、圖書室都在大興土木，縣市長請吃冰棒鼓勵圖書借閱，校長跳天鵝湖酬謝借書量創新高。直到有一年，中小學學生參加國際閱讀能力抽測，成績遠遠落後先進國家，大家才意識到閱讀不僅要量化，更應質變，就這樣，閱讀策略指導進入了教室，成為閱讀課程的主流。

閱讀，可能是知識性的，也可能是美感性的。知識性的閱讀主要目的就是取得資訊，假如能運用策略與技巧，閱讀理解的成效一定是較為優異的。美感性的閱讀可貴價值在於陶冶情性，興趣、想像、感動都是重要的元素。所以，閱讀是感性與知性的歷程，這個閱讀的意義，老師要掌握，學生要培養。

打開書，打開一個世界。閱讀，讓我們長出翅膀，也許增長知識，也許擴充視野，也許涵養品格。閱讀，是一輩子的事，無論大人、小孩都應該親近。缺乏閱讀，不一定面目可憎，但肯定難以成長。

閱讀的重點在與內容對話

小時候沒有太多的圖書可供閱讀，家中不知怎麼來的幾本偉人傳記，成了我童年的精神食糧。當讀到為人權奮鬥的金恩博士時，竟會期許自己未來面對挫折，千萬不要輕易放棄原來懷抱的理想。當我知道愛因斯坦很晚才開口說話，從小就是個令人頭痛的「怪男孩」，其實他對於新事物充滿好奇，而且思考敏銳。於是，暗自提醒自己：人不可貌相，「怪」和「笨」實質上是明顯差異的。長大後，擔任教職進行閱讀指導，才明白年少時光的閱讀過程，竟然已不知不覺與內容有所對話。

這幾年，經常應邀擔任閱讀心得寫作的評審，總覺得參賽者常能將「內容概要」寫得充實、寫得精采；但卻少有人可以把「讀後心得」寫得出色、寫得感人。

印象最深刻的，是有一回苗栗縣舉辦了品格叢書閱讀心得寫作比賽，評選過程中，評審們都為一篇撰寫〈爸爸，你會想我嗎？〉讀後心得的文章驚豔不已，此篇作品不但榮獲該組別第一名，主辦單位有感於這位父親早已辭世的小作者，家境清寒，卻能將思念父親的憂傷轉化為勤奮向學的具體行動，特別給予獎助學金。其實，該篇文章沒有華麗的修辭，也沒有別具創意的寫作方法，只是很真摯的將自我的生活經驗與書中內容交相映照而已。這就是對話，是閱讀的關鍵，也是閱讀的靈魂。

如何與內容對話呢？《花婆婆》這本繪本，大家還有印象吧！書中主角艾莉絲，有一天意外發現風和小鳥將花園裡的花種子帶到山頂，於是在口袋裡裝滿種子，走到哪兒就順手撒到哪兒，就這樣，她實現了小時候爺爺對她的叮嚀：做一件讓世界變得更美麗的事。

當我們在閱讀中，分享花婆婆讓她走過的地方都綻放美麗花朵的喜悅時，也應該好好思考，我們能做什麼讓世界更美麗的事呢？也許當攝影師，讓大家看到全世界的美景；也許彈著一手好吉他，前往各個學校和同學們分享傳唱各地民謠的快樂。由閱讀的內容，回過頭來想想自己，這就是簡單的與書對話。

閱讀書籍要對話，就連文章欣賞也應該有所對話。朱自清的《背影》由於收錄在國文教科書中，想必大家都深刻的讀過。朱自清看見父親以肥胖的身軀、蹣跚穿過鐵道，費力爬上月臺的背影，不禁感動得潸然淚下，如果同樣的場景，生長在現代的你，流淚感動之餘，會不會迎向前去，給父親愛的擁抱，向他述說心中的感動與感謝？此外，生活中，我們是否也曾瞥見令人感動的背影？可以和大家分享嗎？多些想像，多些思考，深度閱讀就這樣油然而生了。

看別人的故事，想自己的人生。試著在閱讀中與內容對話，甚至形成閱讀的習慣，那麼，閱讀就會有力量了。

在讀書會中快樂學習

很多學校都有「共讀」的圖書，有些學校甚至將共讀圖書依年級細分，以適合不同年齡的同學閱讀，也方便老師進行閱讀教學指導規畫。每一本共讀的圖書，大多以學生人數的量購置，占用了較多的圖書資源，在圖書的選擇上也特別謹慎。一般而言，共讀的書籍基本上要具有討論價值，如此才能在共讀課程進行時，擦出火花，產生濃厚的學習興趣。

當我們個別閱讀時，主要的學習，在於藉由思考、想像，與書中內容對話，吸取書中智慧。而共讀，也就是讀書會，主要的學習，除了吸取書中智慧，還透過討論等活動，吸取帶領人與其他共讀伙伴的生活經驗與智慧。所以，個別閱讀是讀者與書的對話，而讀書會則是讀者與書，讀者與其他讀者的對話。

上共讀課囉！《少年小樹之歌》是一部描述一位印第安少年，在爺爺奶奶家生活成長的少年小說。在閱讀小樹和爺爺奶奶相處內容前，我會請參與讀書會的同學發表一下和爺爺奶奶互動的經驗。故事中，小樹的爺爺奶奶都十分崇尚大自然，也教導小樹許多大自然的規則，這時候我將讓同學們分享心目中的大自然法則。小說的最末章節〈輓歌〉，描述小樹如何面對爺爺奶奶的相繼過世，「送別生命」可能是人生中最困難的事，「面對死亡」是我們必須參與卻難以理解的事，曾經有經歷過親人死亡的同學，也可以在此時敘述當時的心情及感受。

方才的共讀課，看似簡單，其實內容豐富，包含：隔代的溝通互動，人與環境的對話，與生命教育。重要的是，我們閱讀了小說的情節推進，也分享了同學的意見與經驗，這是讀書會最可貴之處。

讀書會除了文本閱讀、討論之外，還可以設計各種多元而有趣的活動，例如：角色扮演、辯論、話劇或戲劇表演等，甚至還能改寫故事。活動的規畫安排，所閱讀的文本性質，可供運用的時間都是重要考量，帶領人及讀書會成員互動的氛圍也是關鍵因素。

年輕朋友在參與讀書會時，具備什麼態度才能愉快的學習並有豐碩的收穫？積極參與，願意分享是最不可少的，讀書會的運作，端賴所有成員共同經營，大家有著積極的態度，氣氛就會熱絡，火花便能源源不絕。其次，專注也是不可忽略的態度，多樣性的讀書會活動，常常令人分心，譬如：有時候我們會為了準備自己的發言，而沒有專注聆聽其他人的意見表達。

積極投入、不吝分享、保持專注，讓我們在讀書會快樂、充實。

你也可以成為寫手

有很多家長，也有不少老師常常問我：「孩子不喜歡寫作文，怎麼辦？」「要怎樣才能讓孩子把作文寫好？」我想這兩個問題不僅讓大人們頭疼，也一定困擾著許許多多的年輕朋友。

我喜歡寫作，源自於國小四年級，有一回老師將我的作文批改之後貼在教室後面的公布欄，並且要全班同學在當天下課時間去欣賞我的作品。幾十年了，我都還記得那篇作文的題目是「放學回家的路上」，我寫的是放學回家騎著會發出各種聲音的老爺車，半路上，車鍊掉了，修好後騎沒兩下又掉，再修再掉，眼看天色漸暗，沒辦法及時趕回家養豬、餵雞，心裡又急又氣。

鼓勵，可以來自老師、家長，更多的時候，我們需要自己鼓舞自己。寫一段文字，使用兩個成語，感覺很有學問。今天的作文比上一篇多寫一個段落，篇幅進步了，好有成就感。聽到一個好笑的故事，把它轉化成文字，上傳臉書，與好友們一起分享，以寫作創造歡樂，值得稱讚。……當我們由寫作找到正向的情趣，自然而然，心甘情願的繼續寫下去。

作家溫小平在《從此，愛上寫作》一書的自序寫著：「我喜歡寫文章，它是我的娛樂、我的嗜好、我的收入來源，我的朋友、我的專長、我的呼吸……。」或許有一天當你不僅不再討厭寫作，還有那麼一點喜歡時，那你就可能是一位寫手了。

至於，如何把文章寫好？市面上教人寫作的書五花八門，但總括起來大概有三個方針：其一，是勤閱讀拓展視野；其二，是感官總動員，培養敏銳力；最後，則是多思考、多想像，豐富寫作的材料。

在這個資訊如此發達的時代，知識正快速的被累積著，缺乏閱讀、知識貧瘠、眼界狹隘，當然心無點墨，無法寫出好的文章。多讀各式各樣的課外書，視野自然就會寬廣，看了許許多多的好文章，有了寫作的榜樣，順理成章的引導我們寫出優異的作品。如果寫作是一種耕耘，那麼閱讀必定是那片肥沃的土壤。

同樣是面對一塊麵包，有敏銳力的人還會注意它的顏色，瞧一瞧它的內餡，甚至觸摸一下，了解它的Q彈。寫文章要具體呈現所須描述人、事、物、景，就得善用眼、耳、口、鼻、身等感官，當我們習慣動員各種感官，敏銳性便能有所增進，感受也會細膩而深刻，所寫的文章自然較具可讀性。

具體的事物及情境，必須依靠各種感官敏銳感受，抽象的、穿越時空的世界，則有賴於想像力加以建構。現實生活中人類迄今無法飛翔，但童話故事中的彼得潘卻能來去自如，這是創作者奇特的想像力所編造的。雖然常有一些災難發生，不過總不是世界末日，但電影《世界末日》卻製作了世界即將毀滅的場景，這也是編劇想像力的極致發揮吧！想像力，猶如翅膀，帶我們獲得更多寫作的新奇題材。

慢慢的，喜歡上了寫作；漸漸的，寫得出色而感人，誰敢說你不是寫手？

寫自己，寫生活

年輕朋友的寫作，除了考試及國文課的命題作文外，要從哪裡著手呢？那就寫自己、寫生活吧！自己的故事，生活的發現及感受，是寫作最親近的材料。

電影《街頭日記》改編自《自由寫手的故事》，內容描述一位熱情的女老師，引領著一百五十位在街頭逞凶鬥狠、自暴自棄的青少年書寫自己的故事。這群孩子在寫作中，卸下了如刺蝟般的武裝，真誠面對自己，諦聽自己心底最真實的聲音。終於，這群遊走於社會邊緣的青少年走出頹廢、走出荒唐，寫出了自己的燦爛人生。

許多想要寫作的人，絞盡腦汁，想勉強擠出一些文字來，但卻常常還是寫不出來。其實，寫作的開始不在於寫出文字的剎那，而是從日常生活就發生了，等著我們去發掘、去體悟。所以，寫不出來，不知道寫什麼，不要對著稿紙或電腦發呆，以為靈感會突然出現，而是回過頭來，由生活中去發現。寫作的靈感來自生活。

許多作家都有散步的習慣，散步時，有著恬適的心情，在放慢的步履中，瞥見變化多端的雲絮，聽到枝頭的小鳥鳴叫，聞到草地的清新氣息。當心靈之窗大大敞開，寫作的題材自然而然一一湧現。

散步也能成就文章，這是真的。張文亮先生寫了一篇文章——〈牽一隻蝸牛去散步〉，分享了散步的美好。文中的主角被上帝指派牽一隻蝸牛去散步，但動作緩慢的蝸牛讓他極度不耐煩，無論怎麼催牠、罵牠、扯牠，甚至威脅牠都無濟於事。只好任由蝸牛慢慢往前爬，自己在後頭生悶氣。忽然，他看到滿天閃亮的星光，也感受到微風溫柔的拂過臉龐，這是他從來沒有的體會，這時候，牽蝸牛的人才領悟到，原來不是上帝要他牽蝸牛散步，而是上帝要蝸牛牽他去散步。

怎麼樣？坐在家裡寫不出來，散步也找不到靈感，那麼，就試著依下列的句子，接寫文章吧！

「在校園的角落，我看到……」

「走進巷弄，我聽到……」

「夜闌人靜，我讀到……」

「望著昏黃的照片，依稀讓我想起……」

「坐在水中的浮木，我覺得……」

這些文句都可能取材自你的故事、你的生活。因此，我們現在可以把羅丹所說過的「世界不是缺少美，而是缺少發現」，改寫為「生活布滿寫作的材料，只缺少感受」。想成為寫手的年輕朋友，用心生活，用心感受吧！

走出去，
看世界

旅行，擴充視野

我喜歡旅行。最近一次感受深刻的旅行，是懷著朝聖般的心情，一窺「水漾森林」的廬山真面目。

水漾森林，多麼如夢似幻的名字，它位在溪頭、阿里山縱走的路上，九二一大地震時，石鼓盤溪上游崩塌，日積月累形成堰塞湖，湖中的杉木長期浸在水中，枯了，白了，風姿綽約的在水中蕩漾，形成山林絕佳的美景。

水漾森林之旅，兩天往返各走了八、九個小時，雖有些過量負荷，但很值得。水漾森林的美，特別是在晨霧暮嵐時，駐足凝望，彷佛置身於武俠小說中俠客習武的祕境，又如高僧遠離塵囂悟道修行的林野。水漾森林令人讚嘆的，不是壯麗遼闊，是淒美婉約；不是濃妝豔抹，是自然脫俗。

怎麼樣？看我如此描述，是否也有所悸動，渴望一次景色宜人的旅行呢？其實，旅行真的不僅是欣賞風景，更多的時候是知性的學習。

上個月拜訪猴硐貓村，訝異當地住民及遊客對貓的友善，更驚奇貓對人的親近。最難得的是，在志工細心的解說下，我對貓有更多的了解，也對貓的飼養有著初步的認識，甚至還一度有所衝動，想將一隻昂首闊步，威風凜凜，步伐和眼神都像極了小老虎的貓，認養回家。

我熱愛旅行的基因，似乎也遺傳給了小孩，小兒子在高二的暑假，便一個人去環島旅行，所有的行程規畫，交通、住宿安排都是他自己張羅。令人意外的是，我還由他琳瑯滿目的資料中，第一次知道高雄火車站附近，也有像外國提供背包客住宿的「膠囊旅館」。

一個人一個星期獨自環島旅行後，他跟我分享，夜晚躺在墾丁沙灘看天空，四周一片靜寂，於是有著與內心深處對話的奇特經驗。他還描述和一位來自美國背包客，在太魯閣到花蓮車上話家常的點點滴滴。

一次旅行，讓孩子成長許多。我還如此思考著：國中畢業，漫長的暑假，只要規畫妥當，其實是最適合讓孩子一個人去旅行，在學習生涯轉換的時間點，年輕朋友在異地坦誠面對自己，省思過去，想像未來，多麼美好的事呀！

旅行是空間與時間的移動，當我們穿梭於不同的地域，領略迥異的風光、民俗、文化，眼界自然開闊，心胸也自然開朗，這樣的收穫，不是讀幾本課外讀物，背一些名言佳句所能比擬的。

我們東方民族的思維，總是習慣擁有看得到、摸得著的具體東西，像豪華別墅、氣派名車、黃金美鑽等，對於必須要感受、體悟的有價值事物，反而是忽略的。年輕朋友，走出去，看看不一樣的世界，總是好的。來趟旅行，你的心準備好了嗎？

走讀社區，熟悉本土

我到各地旅行，有些小景點或特色小吃是旅遊資訊沒有的，這時候停下腳步，直接請教當地住民，恐怕是較理想的選擇。然而，在我的印象中，能瞭若指掌，迅速而又正確指引的，所占比率其實不高。尤其遇上了年輕朋友，對於社區地理概況、人文發展，知之甚詳的，可謂寥寥可數。

有一回，盛情難卻，接受了一位家長會委員的邀請，到他家裡去吃廟會流水席，席間好奇的詢問主人就讀國中的女兒，社區廟宇供奉的神明，她聳聳肩無法回答，本以為她會去請教長輩，再來告訴我，但事與願違，直到我離席，還是等不到答案。

我訝異我們新生世代，社區意識的貧乏；更憂心年輕朋友，對社區的冷漠與無動於衷。以前在學校讀書時，有一位教社會學的老師，曾經再三告誡我們：臺灣沒有走透，就不要出國；社區沒有弄懂，就不必談國家發展。當時，作為學生的我，頗不以為然，倒是如今想起，還覺得饒富邏輯與深意。

我們賴以生長的家，就在社區當中，如果對世界各地的河川都可以倒背如流，唯獨不知自己住家附近的溪流，還真是本末倒置。那麼，在談社區意識、社區營造之前，讓我們騰出一點空閒走讀社區吧！

也許在冬天假日的午後，也許在夏季暑期的清晨，帶著筆記簿，帶著相機，帶著愉快但認真的心情，去看看社區的自然景觀、寺廟、教堂、公園、活動中心；又或者找一位熟悉社區事務的長輩，好好的和他聊一聊社區的活動、社區的發展。這就是社區走讀。

實際走訪社區，再運用如記者採訪般的敏銳觀察，或許還能發現一些社區問題，和父母親或住同一社區的同學討論看看，這時候，你就是社區的主人，而不是從前和社區嚴重疏離的客人。

融入社區、了解社區，參與社區活動，關注社區發展，絕不是社區大人們的專利。當年輕朋友願意以實際行動投入生於斯、長於斯的社區懷抱時，有趣的事肯定會發生的，也許社區活動中心增加了閱讀空間的規畫，也許社區角落原本閒置的公有土地開始興建籃球場。

年輕的力量不容漠視，年輕的責任不可逃避。當你想走出去，看世界，請先關心眼前社區這個小世界。

關心世界，理解國際

二〇一四年諾貝爾和平獎得主一公布，第一時間我就由臉書朋友得到了資訊。傍晚回家，在電梯口遇到了同棟大樓分別就讀高中、國中的一對姊弟，我們展開了一段對話：

「你們知道今年諾貝爾和平獎的得主是誰嗎？」

姊弟兩人都搖頭表示不知情，弟弟帶有點調皮的推測：「不會是我們臺灣人吧！」

「今年和平獎得獎的有兩位，其中有一位的年齡和姊姊差不多。」

「十七、八歲拿和平獎，太誇張了吧！」

「知道馬拉拉嗎？」

姊弟兩人又再一次搖搖頭，話多又不太謙虛的弟弟索性這樣回答：「反正不是臺灣人，考試不會考的。」

「我如果是社會老師，一定把馬拉拉的故事拿來命題。」趁著電梯門還沒關上前，帶點恐嚇的結束對話，心裡仍期待著這對姊弟回家後能查查馬拉拉的相關資料。

二〇一四年得到諾貝爾和平獎的，是印度兒童權利運動家沙提雅提和巴基斯坦人權少女馬拉拉。其中馬拉拉是有史以來諾貝爾獎最年輕的得主，她的事蹟、她的得獎，可說是這個時代的傳奇。馬拉拉因爭取女孩也有受教育權益，激怒回教激進團體，二〇一二年十月，她在放學途中遭到暗殺，頭部中彈，經各方協助送往英國治療，痊癒後留在英國求學。目前巴基斯坦約有二千五百萬五至十六歲孩童失學，其中一千四百萬是女童，「無論男女，讓每一位兒童都能受教育。」是馬拉拉的理想與期待，也是未來努力的目標。

我的重點當然不是發布諾貝爾和平獎新聞稿，也不是講述馬拉拉的故事，我關注的是青少年朋友「國際理解」的議題。

國際理解。也可說是具有國際觀。很多人一見到這些名詞，就會立刻想到外語能力。會講外語，不等於有國際觀，但要培養國際觀，具備外語能力，尤其是使用普遍的英語，當然較有利基。

多看國際新聞，是認識世界最直接而簡便的方式。此外閱讀翻譯小說，觀賞外國電影也都有助於國際理解，例如：暢銷小說《追風箏的孩子》，內容描述的是阿富汗與巴基斯坦文化和種族的情形。電影《中央車站》則呈現巴西及第三世界國家的生活風貌。

國際事務大多是環環相扣的，「連結」的觀念是很重要的。假如，某一洲或某個大區域發生旱災，那麼首當其衝當然是當地水情吃緊，但也可能牽動全球穀物價格上漲，我們臺灣進口的玉米、黃豆、小麥也都會有所調升。

當資訊與科技不斷快速發展，「地球村」、「全球化」隱然成形，特別是臺灣的經濟發展是以「國際貿易」為主軸，培養對國際事務的興趣，並產生緊密連結，以期真正了解國際局勢的發展，是年輕朋友現在及未來都應該具備的思維，也是別具關鍵的競爭力。

遠距交朋友好處多

「網路詐騙如此猖獗，你竟然還敢鼓勵涉世未深的青少年遠距交友？」一位目前在國中擔任校長的朋友，看到我寫作的題目，好心的提醒我。

經過再三考慮，仍決定保留這個主題。一來，網路如此發達，各種傳輸工具的功能日新月異，使用e-mail、line、臉書、視訊等作為溝通互動的族群眾多，遠距聯繫的現象已極為普遍。其次，與其消極的嚇阻，不如正面的分析，哪些是有益的，哪一部分是必須謹慎的。當然，最重要的，對青少年而言，朋友是空氣，是水分，而我更期待是養分。

讀大一的兒子，暑假前往印度擔任國際志工，回國後，在印度所結交的朋

Hi

友，仍經常將當地發生的重大事件一一告知，而兒子則分享我們臺灣有趣的風俗民情和絕美風光。國際志工服務早已告一段落，但臺灣、印度的交流仍持續進行著。這就是遠距交朋友的好處。

早些年代，「距離」總常成為戀愛的墳墓。今年年初在田徑場上偶遇了一位以前教過的學生，目前在南科工作，他的女朋友則在竹科上班，我調侃他：「這樣談戀愛，很辛苦吧！大概一部分收入都要交給高鐵了。」他則淡定的回答我：「不會啦！我們天天見面，透過視訊，該聊的，該看的，可沒少過呢！」這又是遠距交友的好處了。

整個來講，遠距交朋友，假如雙方聯繫的頻率高，那麼彼此的溝通一定會更加進步。此外，空間拉長拉遠，拘絆性少，相對自主的時間就增加了。而偶爾相聚了，反而彼此都會更加重視及珍惜共同可以相處的時光。

前面所談是已經認識，再持續聯繫、溝通的遠距朋友。至於從未謀面，透過交友網站或其他平臺所認識的新朋友，則強烈建議不要急於見面，尤其是單獨會面，因為時間越短，了解越少，相對的就容易有許多的隱瞞和心術不正的詐騙。時間，是很好的試金石，時間的累積，讓我們更認識朋友，更增進彼此的情誼，現實生活所交往的朋友如此，遠距交友更是如此。

臺灣行動電話的費率一直居高不下，即使調降了，對於習慣以手機講電話的人也是無感。最近突然靈機一動，將一些要經常聯絡的對象，都設定成line的好友，以line的聊天取代電話，既節省話費，又可以見到極有創意的貼圖。「原來歐吉桑偶爾也會聰明一下」年輕小伙子大概會這樣嘲笑我吧！其實，早期很多人學用e-mail的動機，是希望透過網路，給遠方的朋友寫封信。原來，遠距交朋友，還能精進資訊能力。

人生在世，除了親情難以割捨，也離不開友誼，離不開朋友的彼此關心，離不開朋友的彼此支持，經常面對面的也好，遠距的也罷，多一些益友，多一些情趣。

成為時代的傳奇

年輕時，讀黃明堅的《青春筆記》，給了我很多生涯、生活的不同想法。書中有一篇文章——一個時代的傳奇，特別令我印象深刻。

黃明堅在文章中提及她在美國念研究所的時候，無意間買到一張海報，上面印著聞名全世界的舞蹈家瑪莎．葛蘭姆所說的一句話——一個人應該成為他這個時代的傳奇（One is obliged to become a legend in one's time）。黃明堅覺得話中的驕傲、決斷與熱情，令人震撼，也鼓勵讀者：超越平庸，創造夢幻。

「一個人應該成為他這個時代的傳奇」，相信許多年輕朋友和我當初看到這句話的感受是一樣的，就是覺得太偉大了，陳義過高，甚至好高鶩遠。

傳奇人物，我們或多或少聽過一些，有些學校會費心的規畫典範學習活動，說不定還有人近距離接觸過傳奇人物呢！傳奇人物熱愛生命，積極還帶有點瘋狂的投入自己喜歡的工作；傳奇人物有著執著的信念，在努力的過程飽嘗挫折與失落。於是很多人說：「我沒有那麼優越的條件。」「我缺乏堅韌的性情。」「我不想那麼辛苦。」是的，一個人如果甘於平庸，接受世俗，那麼他不會是傳奇人物，也不會成為傳奇。

其實，傳奇不是知名人物的專利，更不是有錢人唾手可得的附屬品，每一個人都可以有機會寫下他自己的傳奇。只要有著願意挑起的使命，就是走出令人訝異驚嘆號的開始。

葛蘭姆培育優秀舞者，在各地傳播她的舞蹈理念，創造了她的舞蹈時代傳奇；林懷民創辦雲門舞集，巡迴各國演出經典的舞蹈作品，也成就了他的舞蹈時代傳奇。即使同樣的領域，傳奇故事卻可以有不一樣的寫法。

社群網站臉書創辦人兼執行長馬克・祖克柏，年僅二十四歲，香港學運領袖黃之峰還是個高中學生，成為時代的傳奇，也不一定要豐富的人生經歷，年輕，有時更是創造傳奇的最大本錢。

教國文的老師，在進行作文指導時，總會再三叮嚀「立意要高」。寫作文，和人生的態度，也有相通之處，不論學業、事業、志趣，有理想性，願意設定較高遠的目標，就更有諦造傳奇的可能。

在目前變遷快速的時代，在各個領域，各個角落，要成為傳奇，相較於保守的世代，當然是更有機會的。懷抱熱情，多幾分堅持，或大或小，許多的傳奇故事，就會這樣寫下來的。

學生活，展自信
100
50
10

為喜歡做家事的孩子喝采

我在學校服務時，特別倡導「三三一」的活動。所謂三三一，指的是每天至少閱讀三十分鐘，運動三十分鐘，及做一件家事。孩子們要將每天閱讀、運動、做家事的時間和內容在家庭聯絡簿上記錄，讓家長和老師來檢核。

許多到學校來拜訪的客人，都覺得很有教育意義。大部分的人對於讓閱讀、運動形成一種習慣，是理所當然的事；但卻訝異為何會特別強調做家事的重要。

其實，讓孩子在家裡閱讀、運動、做家事，是屬於家庭教育部分，學校要如此介入，是由於有些孩子的家庭教育式微、甚至喪失。

會希望孩子做家事的原因，當然是由於有為數不少的家長，認為讀書最重要，所有生活的瑣事，一概由家長打理就好。這樣的觀念，造成孩子們什麼家事都不必做、不會做，四肢不勤，五穀不分，生活智能嚴重不足。洪蘭教授曾說：「讀書只是成長的一部分，要為未來做準備還需要很多能力，那是課本不能給的，必須從生活中去體驗。」做家事，是最自然不過的生活體驗；做家事，所學習的生活智慧，影響深遠超乎想像。

家事中隱含著種種的生活智慧。例如：當孩子整理房間或客廳時，東西該怎麼擺放，如何歸位，就是一種邏輯分類的思考與練習。又例如：擦地板時，如果把抹布對折再對折，就有八面，等這乾淨的八面都用過了，再去洗抹布，就可節省時間，也體會到讓事情做得有效益，方法是很關鍵的。偏偏這些生活智能的培養，是很難用言語教導的，唯有透過親身體會，才能領悟，才能形成經驗，一輩子受用。

做家事，也是責任感的培養。即使是洗碗、掃地、倒垃圾，看似簡單的工作，也要動腦想一想，何時做，怎麼做，有什麼要領，那些是要小心、要注意的。能由做家事的體力活動中學到盡責，這種態度，是不是很重要？

我跟孩子們說，絕不是「幫忙」做家事，身為家裡的一份子，家事大家做這是天經地義的，何來所謂「幫忙」呢？除非你自認為是家庭之中的客人。全家都來分工做家事，藉由做家事，全家人多了討論、觀摩、分享等交流的時刻，感情無形中增進了，幸福的氛圍也自然形成了。

其實，我們小的時候就喜歡做家事。小時候，看著大人們忙碌的樣子，覺得很有趣，很想參與，總是嚷嚷著：「我也會，我也要做！」但在大人們不想麻煩發生，也不願多花心思引導，過度保護下，讓我們遠離做家事的行列。因此，年輕朋友，想學生活智能，想負責，想增進家人情誼，想做家事，不要再等大人們召喚，主動捲起衣袖，做中學，學中做。

做家事，這麼可以獲得成就感，這麼美好的事，可別像無頭蒼蠅，徒勞且招來負面的評議。安全、不過度妨礙家人是必須要考量的，先整理好小範圍，再行全面的環境改善，才容易獲得肯定和支持。

年輕朋友，縱然你有遠大抱負，崇高理想，還是從家事做起吧！由做家事，看見自己的責任，感受自己的成長。

學習理財，聰明消費

和我住同一棟樓的一位退休教官，非常健談，總是談笑風生，但最近卻見他眉頭深鎖、不寡言笑。有一天，我和他一起等垃圾車，他才道出了心中的苦楚。原來，他的兒子和媳婦最近在臺北買了一間總價將近兩千萬的房子，夫妻兩人的月收入不到八萬元，結果自備款不足向老爸伸手，未來貸款的利息，也要教官拿出大部分的月退休俸來協助繳交。

兒子、媳婦購屋時不懂得「量入為出」，不僅讓自己陷入經濟的窘境，連帶嚴重影響老爸退休金的支用及退休生活品質。

我在學校服務時，曾發生一件學生同儕間金錢糾紛的事情。一位六年級的孩子，因為父親不給他買電動玩具，他就向班上一位同學借了兩千五百元，雙方並約定一天沒有歸還，就要支付一百元的利息。沒幾天，這個孩子所借的錢沒有還，利息也沒有支付，事情就這樣爆發了出來。

後來，學務主任邀集雙方家長會商，總算把事情解決了。學務主任向我說明處理經過時，再三感慨孩子們對於金錢的概念真的太薄弱了。她說，孩子向人借錢的家長，一再搖頭，無法理解自己兒子每天零用錢三十元，竟然兩千五百元的電動玩具買得下手；而另一方家長，對於小孩挪用補習費，還收取高額利息的行徑，直呼不可思議。

或許深受孔子所說「君子喻於義，小人喻於利」的影響，我們的父母親很少和孩子談論金錢的相關議題，更別說指導正確的儲蓄、消費，甚至引導創造收入。這樣的結果，全民面對金錢的態度，處理金錢的能力，都有嚴重不足之虞。

《富爸爸窮爸爸》一書的作者羅伯特・清崎曾說：「如果你不教孩子金錢的知識，將會有其他人取代你。」他話中的意思是，如果要讓債主、奸商、檢察官、詐騙集團來替你進行這項教育，那恐怕就會付出一定代價了。可見，學習理財，學習消費，還真是不能忽略的事呀！

關於理財，一定要先談儲蓄。專家建議，我們應將收入的百分之二十或更高比率，加以儲蓄起來，因為有了儲蓄才能應付急須，有了儲蓄才能投資。年輕朋友的收入主要來自零用錢、壓歲錢、獎金，或親友的饋贈，當你一有收入，就可依照比率區分為二，一筆作為平常生活必要的支用，另一筆則可存入帳戶，作為長期儲蓄。而為了掌握及節省日常開銷，「記帳」是很好的方式。相對於儲蓄，消費是另一種金錢行為。依據調查研究，我們所購買的物品，常用的僅占百分之二十，另外的百分之八十則是不會用到或絕少用到，這就是著名的「二八定律」。因此，當要購買物品，務必要區分那是你「想要」的，還是你「需要」的。通常受到廣告的誘惑，就會引起「想要」的購買欲望，可是，採購真正「需要」的物品，卻是較理性的聰明消費。

金錢是生活不可或缺的，它某種程度決定我們的生活方式，也某種程度影響我們的生活品質，趁年輕，養成儲蓄、聰明消費的習慣，培養理財的正確觀念，才能在生涯中成為財富的主人，而不淪為金錢的奴隸。

樂在工作是一種幸福

三十年在學校服務的經歷，讓我見識到人們不同的工作態度。有的人似乎是迫於某些因素而工作的，總是遲到早退，消極且缺乏主動；大多數的人則將工作視為生活的一部分，面對工作就是一份平常心；也有一部分人是樂在工作的，他們所展現的熱忱，所付出的心力，遠遠超過其他人，而心情卻又是踏實而愉快的。無疑的，工作態度影響我們的工作情緒，也決定我們的工作效能。

室內網球不同於一般我們所看到的網球運動，它只在室內球場進行，雙方將球擊到牆上回彈，擊中牆上目標就得分，全世界從事此項運動的人口只約五千人。澳洲的戴維斯原是一位中學老師，他第一次接觸室內網球就深深著迷，幾個月便辭去教職，展開新的職涯。

戴維斯後來成為一個室內網球俱樂部的看板球星，他每天清早起床練球四個小時，然後才開始一天的教練工作。戴維斯曾經八年內，沒有在正式的室內網球比賽輸過球，他認為從事室內網球運動，不僅獲得贏球的光榮，更覺得自己讓運動潛能發揮到極致，更重要的是將自己最大的樂趣和工作完全結合在一起。

工作到底具有什麼意義？《如何找到滿意的工作》一書作者羅曼・柯茲納里奇指出，金錢、地位、帶來改變、實現志向、發揮天賦是工作的五種意義。其中金錢和地位是外在的激勵因素，因為這兩者將工作視為達成目標的途徑；而其他三項則是內在的激勵因素，重視的是工作本身的價值。

我們職涯的決擇，或是工作的選定，應該以哪一項意義，那一種動機為最優先的考慮？恐怕每個人的答案都會不盡相同，關鍵就在於從小建立的價值觀。釐清自己最重視那些事項，就能清楚了解自己心目中有意義的工作是什麼樣態。

相較於西方國家強調意義性，我則將工作的功能列舉如下：

工作可以充實生活，工作是生活的一部分。

工作較有機會學習與人互動，發展人際關係。

工作是學習的延伸及運用，工作將知識賦予實用的價值。

工作可獲得報酬，作為消費支出，維持生計。

工作讓能力有所發揮，獲致成就感。

俄國大文豪杜斯妥也夫斯基曾說：「我發現，若想澈底粉碎、摧毀一個人，給予他最可怕的懲罰，就只要讓他去做一份毫無用處與意義的工作。這種懲罰會讓最凶惡的殺人犯，光是聽聞就膽戰心驚。」由此可知，沒有意義、缺乏價值的工作，真會讓我們行屍走肉；相反的，有著理想的工作，可以豐富人生、增進生命力。

十二年國教在入學的超額比序引發眾多批評，但「適性揚才」的實施方針，卻普受肯定，假如年輕朋友在求學的過程多了解興趣、性向，並為未來職場做更好的準備，那麼，當大家踏入社會，有能力，願意工作且樂於工作，怎不是一種幸福呢？

一技在身，希望無窮

在臺南有一所國中，自二年級開始實施技藝教育，讓同學們依自己的興趣選擇參加的項目。其中設了一個金飾設計雕琢班，總共有十五人參加。為了實際經驗的傳授，學校聘請這行業的有名師父，到校上課。

經過兩年每星期半天的學習，據學校提供的資訊，這些同學的雕金技術，已和工作多年的師父不相上下，有多家金飾業者更是到校打聽實況。

我家孩子幼小時候的保母，有一個就讀高職國際貿易科的女兒，對電腦情有獨鍾，除了由課堂及自我摸索中，練得一手資料處理的好本領外，各項資訊展，新出版的電腦書也都不肯輕易放過。寒暑假期間，她都會到電腦公司打工，連男生所較擅長的電腦組裝和修護，也都學得不亦樂乎。

有一天我們順道去工作現場看她，想不到，老闆竟豎起大拇指，向她的媽媽表示：「你的女兒肯吃苦，小小年紀，就有很扎實的技術，這輩子不怕找不到工作了。」

技術和學問很大的差異，是技術能具體的學習及展現，只要是內行人，一眼就能瞧出技術的精熟程度，而學問是較無法量化的，學問的發揮難以顯而易見。因而，技術是可作為職業，找得到工作，講現實一點，就是可當飯吃，至於學問呢？恐怕就沒有這個優勢了。

即使技能、技術有著與工作幾乎可畫上等號的利基，即使經濟發展，是需要大量高素質的技術人才，但在臺灣高職總是遜於高中，為國中生心目中的第二選擇，技職教育也還是次等教育。

追根究柢，「萬般皆下品，唯有讀書高」的不當價值觀仍深深影響著許多人。好多家長還是有著「讀書第一」的錯誤觀念，總認為「小學——國中——高中——大學」的求學歷程完成後，才能投入工作，也才能找到好的工作。對於那些就讀職校，或年紀輕輕便進到就業市場的青少年朋友，不是感到可惜，就是抱持著不正常發展的懷疑態度。

其實，這幾年來增設科技大學，落實職業證照制度，參加各項發明展提高技職學生能見度，都可感受到加強技職教育的努力。可是，真正能改變家長觀念，改變年輕朋友想法的，還是就業市場的技術導向，業界以「學力」代替「學歷」，以「技能」代替「學問」的趨勢。

年輕朋友在學期間，透過各種探索、測驗分析，了解自己的興趣、性向、能力、就業取向是非常重要的。假如能在技藝課程，或寒暑假的打工體驗，學得技術，那就更值得喝采了。

擁有一項或多項技術專長，除了方便未來就業，由生活角度來看，成就感和自信心的建立，更可使生活內涵充實，生活品質提升。一技在身，希望無窮呢！

選我所愛，愛我所選

我女兒就讀國中三年級下學期時，有一天晚上像是要談判似的找我講話。以下大概是我記得的對話內容：

「我覺得很痛苦，數理都跟不上，想直升學校的高職餐飲科。」

「我知道語文是妳的優勢科目，數理則有待加強；但因為數理領域成績不理想，就不想讀高中，這好像是逃避的心理作祟。」

「我已經去參訪兩次了，覺得烘焙很有趣！」

「用看的感覺有趣，動手做呢？都還沒有體驗過廚房的高溫，都還沒有揉過麵粉，就想讀餐飲科，會不會太草率了？」

之後幾個星期的假日，女兒和我上市場買菜，回家後加以清洗，然後進廚房料理出一道道的菜餚。頭幾回，狀況連連，口感也不太對味，但愈來愈上手，竟有那麼一點小廚師的架勢。就這樣，女兒說服了我們，如願直升學校的餐飲科。她算是挺認真學習，讀得滿起勁的。學校烘焙課老師所指導的，她都詳細做筆記，且拍照下來，假日時購買材料，如法炮製，再進行一次練習。為了要通過中餐丙級技術士檢定，從沒有拿刀子殺過魚的她，也再三練習，變得純熟，雖然那陣子我們經常吃吳郭魚，但也甘之如飴。

女兒目前就讀高三，一、二年級已通過中、西餐、烘焙、餐服等餐飲科所有丙級證照，這陣子正勤加準備烘焙乙級術科檢定考試。她期望自己未來能進到高雄餐旅學校，在餐飲的領域繼續逐夢踏實。

寫自己女兒的故事，不是要炫燿她多麼努力、多麼用心學習，而是希望以最親近、最真實的例子，提供年輕朋友在學習階段或職涯上，面臨選擇困境時，作為思考及行動的參考。「人生是不斷做決定的歷程」，這個論點，看似過度誇張，但仔細想想，又覺得符合事實。不是嗎？小至早餐吃什麼，穿那件衣服出門等生活瑣事，大至選哪一所學校，哪個科系就讀，或哪一種工作，都是選擇，都是做決定。要做決定的事情如此多，偏偏選擇並不是非常容易的事。

以工作的選擇而言，謹提列四個面向供作參考：

正當合法。由於利之所趨，現今就業市場上仍到處充斥著某些不肖廠商，從事違法的行業。例如：未經登記許可營業的地下工廠，以飼料製造食品的黑心工廠。選擇工作應將正當合法列為首要考量，絕不成為奸商的員工。

符合專長和興趣。所從事的職業，假使是自己所感興趣，且接近自己所擅長的，那麼本身所具有的優勢能力也能充分發揮，做起事來得心應手，感覺踏實，心情自然開朗。

具有發展前景。社會結構和產業趨勢快速變遷，各行各業的消長也會加速進行。所以選擇工作，除了把焦點擺在企業目前的營業狀況，也應將眼光放遠，關心其未來的營運規畫。

福利措施完善。我們在工作中付出心力、時間，當然必須享有相等的福利。完善的福利措施應包含薪資、安全的工作環境、可進修成長的教育訓練。

「**選我所愛，愛我所選**」。年輕朋友無論就業或打工，在抉擇上務必要慎重，而一旦選定之後，在工作崗位則要盡心盡責，全力以赴。

國家圖書館出版品預行編目資料

青春修鍊40堂課／江連君文；詹廸蘏圖．
--初版．--臺北市：幼獅，2015.07
面；　公分．--（散文館；019）

ISBN 978-986-449-003-5　（平裝）

855　　　　　　　　　　104008081

・散文館019・

青春修鍊40堂課

作　　者＝江連君
繪　　者＝詹廸蘏
出 版 者＝幼獅文化事業股份有限公司
發 行 人＝李鍾桂
總 經 理＝王華金
總 編 輯＝劉淑華
副總編輯＝林碧琪
主　　編＝林泊瑜
編　　輯＝周雅娣
美術編輯＝李祥銘
總 公 司＝(10045)臺北市重慶南路1段66-1號3樓
電　　話＝(02)2311-2832
傳　　真＝(02)2311-5368
郵政劃撥＝00033368

印　　刷＝崇寶彩藝印刷股份有限公司
定　　價＝250元
港　　幣＝83元
初　　版＝2015.07
三　　刷＝2017.05
書　　號＝954217

幼獅樂讀網
http://www.youth.com.tw
e-mail:customer@youth.com.tw
幼獅購物網
http://shopping.youth.com.tw

行政院新聞局核准登記證局版臺業字第0143號

幼獅文化公司／讀者服務卡／

感謝您購買幼獅公司出版的好書！
為提升服務品質與出版更優質的圖書，敬請撥冗填寫後（免貼郵票）擲寄本公司，或傳真（傳真電話02-23115368），我們將參考您的意見、分享您的觀點，出版更多的好書。並不定期提供您相關書訊、活動、特惠專案等。謝謝！

基本資料

姓名：………………………………先生／小姐

婚姻狀況：□已婚 □未婚　職業：□學生 □公教 □上班族 □家管 □其他

出生：民國…………年…………月…………日

電話：（公）…………（宅）…………（手機）…………

e-mail：………………………………

聯絡地址：………………………………

1.您所購買的書名：**青春修鍊40堂課**

2.您通常以何種方式購書？（可複選）：□1.書店買書 □2.網路購書 □3.傳真訂購 □4.郵局劃撥 □5.幼獅門市 □6.團體訂購 □7.其他

3.您是否曾買過幼獅其他出版品：□是，□1.圖書 □2.幼獅文藝 □3.幼獅少年 □否

4.您從何處得知本書訊息：（可複選）□1.師長介紹 □2.朋友介紹 □3.幼獅少年雜誌 □4.幼獅文藝雜誌 □5.報章雜誌書評介紹…………報 □6.DM傳單、海報 □7.書店 □8.廣播(　　　　) □9.電子報、edm □10.其他…………

5.您喜歡本書的原因：□1.作者 □2.書名 □3.內容 □4.封面設計 □5.其他

6.您不喜歡本書的原因：□1.作者 □2.書名 □3.內容 □4.封面設計 □5.其他

7.您希望得知的出版訊息：□1.青少年讀物 □2.兒童讀物 □3.親子叢書 □4.教師充電系列 □5.其他

8.您覺得本書的價格：□1.偏高 □2.合理 □3.偏低

9.讀完本書後您覺得：□1.很有收穫 □2.有收穫 □3.收穫不多 □4.沒收穫

10.敬請推薦親友，共同加入我們的閱讀計畫，我們將適時寄送相關書訊，以豐富書香與心靈的空間：

(1)姓名…………e-mail…………電話…………

(2)姓名…………e-mail…………電話…………

(3)姓名…………e-mail…………電話…………

11.您對本書或本公司的建議：

廣　告　回　信
臺北郵局登記證
臺北廣字第942號

請直接投郵　免貼郵票

10045　臺北市重慶南路一段66-1號3樓

幼獅文化事業股份有限公司

請沿虛線對折寄回

客服專線：02-23112832分機208　傳真：02-23115368

e-mail：customer@youth.com.tw

幼獅樂讀網http：//www.youth.com.tw